省领导联系帮扶案例

山西省扶贫开发办公室 ◇ 编

山西出版传媒集团 北岳文艺出版社
BEIYUE LITERATURE & ART PUBLISHING HOUSE

·太原·

图书在版编目(CIP)数据

省领导联系帮扶案例 / 山西省扶贫开发办公室编.
一太原:北岳文艺出版社,2019.4(2020.7重印)
ISBN 978-7-5378-5852-6

Ⅰ.①省… Ⅱ.①山… Ⅲ.①纪实文学 – 中国 – 当代
Ⅳ.①I25

中国版本图书馆CIP数据核字(2019)第060722号

书名:省领导联系帮扶案例	策　划:赵　瑞　马　峻	书籍设计:张永文
编者:山西省扶贫开发办公室	责任编辑:马　峻　关志英	印装监制:郭　勇
	吴国蓉　陈　洋	

出版发行:山西出版传媒集团·北岳文艺出版社
地址:山西省太原市并州南路57号　邮编:030012
电话:0351-5628696(发行部)　0351-5628688(总编室)
传真:0351-5628680
网址:http://www.bywy.com　E-mail:bywycbs@163.com
经销商:新华书店
印刷装订:山西人民印刷有限责任公司

开本:880mm×1230mm　1/16
字数:262千字　印张:18.5
版次:2019年4月第1版
印次:2020年7月山西第3次印刷
书号:ISBN 978-7-5378-5852-6
定价:68.00元

《省领导联系帮扶案例》编委会名单

主 任

刘志杰

副主任

齐海斌　张玉宏　张建成　龚孟建　张伟勤

成 员

丁志刚　赵小英　宋坤政　马军侠　高耀东　杨晓华
姜晓武　赵俊超　叶明威　赵　刚　李良库　张临阳
李安庆　郭晋萍　张俊彦　郭　洪　樊彩英　李建忠
马迎君　张万生　曹　锋　白雪峰　王　伟　高成富
王　廷　杨志勇　李根志　陈林强　张宝贵　郭丰慧
王国胜　安海润　张　文　段志岗　尹文德　武小雅
李　竟　孙延震　丁玺全　张宗泽

主 编

张玉宏　丁志刚

副主编

叶明威　李丽娟　张鹏耀　李　瑞　许蔚起

成 员

范雷波　陈健雄　李　嵘　孙　浩　王冬梅　万　勇
何　鑫　李　鹏　张　鑫

前　言

　　党的十八大以来，山西省委、省政府深入贯彻落实习近平总书记关于
扶贫工作的重要论述和视察山西重要讲话精神，以"打不赢脱贫攻坚战，
就对不起这块红色土地"的态度和决心，高位推动、持续发力，分类指
导、精准施策，团结带领全省人民特别是奋战在贫困地区的广大干部群
众，用心、用情、用力，下足"绣花"功夫，深入推进精准扶贫精准脱
贫，脱贫攻坚取得重大决定性成就。

　　为集中攻坚深度贫困难题，省领导带头联系贫困县帮扶贫困村，实现
36名省领导联系帮扶国家扶贫开发工作重点县全覆盖。省委书记骆惠宁联
系帮扶贫困人口最多、贫困程度最深、脱贫攻坚任务最重的临县，六到临
县、三住农家。省长楼阳生多次到联系帮扶的革命老区左权县蹲点指导，
帮助解决实际困难。其他省领导率先垂范，坚持一线工作法，每年多次深
入联系帮扶的贫困县贫困村驻村调研，"解剖麻雀"指导工作、解决问
题。到2018年底，36名省领导联系帮扶的37个贫困村全部脱贫退出，贫
困群众生产生活条件明显改善。

　　为进一步发挥省领导联系贫困县帮扶贫困村的示范带动作用，真实记
录全省脱贫攻坚历程，指导全省驻村帮扶工作，省扶贫办组织汇编了《省

领导联系帮扶案例》，以出版物形式记载下来，讲述山西脱贫攻坚的帮扶故事。该书图文并茂、内容丰富，从不同角度、不同层面反映了省领导联系贫困县帮扶贫困村的帮扶路径、工作成效和经验做法，具有较强的思想性、指导性、可读性。

2019年是山西脱贫攻坚任务最艰巨、决战决胜的关键之年。希望《省领导联系帮扶案例》能为全省各级各部门和广大帮扶干部提供有益借鉴，并在省领导的榜样带动下，共同为打赢全省脱贫攻坚战，谱写新时代中国特色社会主义山西篇章做出新的更大贡献！

山西省扶贫开发办公室

2019年3月

目 录

做亮红色特色　提升脱贫成色

——省委书记、省人大常委会主任骆惠宁帮扶临县南圪垛村纪实

背景导读

吕梁山是山西省两大集中连片特困地区之一。临县位于吕梁山西侧，辖23个乡镇、631个行政村，面积2979平方公里，总人口65.54万人。全县建档立卡贫困村447个、贫困户83628户、贫困人口219552人，占吕梁市贫困人口总数的36%，占山西省贫困人口总数的10%，是全省脱贫攻坚的主战场，是省委骆惠宁书记脱贫攻坚联系县。骆惠宁书记对临县脱贫攻坚工作高度重视、特别关怀，近两年来，六到临县、三住农家，每次调研地点不同、主题不同，但是脱贫攻坚这件事从来没有变。

南圪垛村是骆书记的帮扶村，2018年整村脱贫。该村位于县城南40公里处，属林家坪镇，由南圪垛、沙垣、高家圪台3个自然村组成。该村是典型的红色村，曾是中共中央西北局、陕甘宁晋绥联防军司令部驻地。全村833户2657人，耕地面积3666亩，其中红枣林1496亩、核桃林1020亩，2017年底农民人均可支配收入5200元。

骆惠宁同志走访贫困户

南圪垛村村民高举习近平新时代中国特色社会主义思想伟大旗帜，把坚决打赢脱贫攻坚战作为头等大事和第一民生工程，作为向党中央看齐的具体体现，在省委骆惠宁书记的包联指导下，在省委办公厅的驻村帮扶下，以"三基建设"为抓手，以建设美丽乡村为目标，充分发挥党建引领作用，传承红色基因，依托红色资源，着力打好脱贫攻坚的红色品牌。

打赢脱贫攻坚战，核心在党。强化党建的过程，是凝聚发展合力的过程，是加快脱贫攻坚的过程。该村坚持以红色党建引领脱贫攻坚，充分利用红色文化资源，创新红色教育，筑牢红色堡垒，建强红色阵地，培育了旅游、红枣、光伏、香菇等红色特色产业，带领贫困群众走出了一条红色脱贫新路子。如今的南圪垛村，红色基因融入群众日常、融入每一个角落，成为一道亮丽的风景，全村一派生机勃勃新气象。

主要做法

一、创新红色教育，老区增添了新活力

骆书记讲，"打不赢脱贫攻坚战，就对不起这块红色土地"。南圪垛村曾是中共中央西北局、陕甘宁晋绥联防军司令部驻地，贺龙、习仲勋等

革命先辈曾在这里筹粮筹款、征集兵员，支援西北战场，为保卫党中央、解放全中国做出过巨大贡献，是典型的红色热土。习总书记强调，要把红色资源利用好、把红色传统发扬好、把红色基因传承好。骆书记高度重视传承红色基因，驻村干部将脱贫攻坚作为该村坚定不移跟党走的具体实践，先后帮助完成中共中央西北局、陕甘宁晋绥联防军旧址的修缮及布展工作，申请命名为爱国主义教育基地，大力传承弘扬红色传统，唱响红色主旋律，使红色基因融入群众日常生活、融入血脉，教育和引导全村干部群众坚决摒弃"等、靠、要"思想，发扬艰苦奋斗、自力更生精神，为脱贫攻坚提供了不竭的精神动力。2017年以来，各级干部和群众3万余人次在这里接受红色革命传统教育。在驻村第一书记带领下，村党支部将红色文化列为"三会一课"的重要内容，结合"两学一做"学习教育，将每月9日确定为党员活动日，深入学习习近平总书记系列重要讲话精神，认真学习党章党史、革命先辈优良作风等，开展了"我为南圪垛美丽乡村建设做贡献"，"对标先进找差距，凝心聚力谋发展"，"认真学习习总书记视察山西的重要讲话"，"维护核心，见诸行动"等主题教育活动，全村党员群众"四个意识"更加牢固、"四个自信"更加坚定。

二、筑牢红色堡垒，支部提升了战斗力

村看村，户看户，群众看党员，党员看支部。村民富不富，关键是支

骆惠宁同志在临县田家山村与村民们拉家常、话生计，听取意见建议

骆惠宁同志在城庄镇易地扶贫搬迁安置点调研

部，村党组织是脱贫攻坚的"领头雁""先锋队"。2016年9月骆书记第一次来临县，到南圪垛村走访调研，与群众饱含深情话家常，深入了解村里扶贫情况。此次调研，骆书记主持召开了座谈会，提出五点要求，特别强调要强化联点单位帮扶责任，会同所在地党组织加强对帮扶队员、第一书记的日常考核。省委办公厅派驻的第一书记和工作队充分发挥能力素质高的优势，当好村级基层组织建设的指导者、引领者，该村不断深化拓展"三基建设"，不断丰富"党建＋"载体，积极构建"党建＋脱贫攻坚"新模式。

工作队来之前，南圪垛村村"两委"班子思想观念落后，个别村干部工作缺乏主动性，班子战斗力严重不足；党员队伍年龄偏大、文化偏低，先锋模范作用不明显。针对这一情况，驻村工作队和第一书记从党建入手，一方面，抓班子建设，2016年该村在全县率先开展本土人才回归工程，试点引回3名大学生，优化了班子年龄、学历结构。2017年，通过村"两委"换届，选拔了一批政治上靠得住、工作上有能力、群众信得过的人进入村干部工作岗位。同时，从建立健全各项村级规章制度入手，完善村"两委"工作机制，确保"一事一议""党务公开""村务公开"等制度得到贯彻、得到落实，确保按制度办事、以制度管人，有一个全新的气象、全新的面貌。另一方面，抓队伍建设，组织村"两委"骨干赴陕西佳县赤牛洼村、绥德郭家沟村和延川梁家河村实地考察学习，组织全体党员和部分村民代表赴贾家庄、归化村、新山湾村考察学习，开阔了党员群众眼界，坚定了全村脱贫致富的信心和决心。无职党员设岗定责，文化宣传、环境卫生、治安巡逻、民主监督、民事调解和带富先锋六个岗位有专人负责，通过设岗定责、志愿服务、公开承诺等活动，让党员的心"聚"起来、身"动"起来，激发为群众服务的热情。通过"传帮带"抓班子建设、队伍建设，着力解决基层组织软弱涣散的问题，切实增强村委班子的向心力、村党支部的战斗力，重塑党组织在农村的形象，让党旗在农村高高飘扬。该村制作了基层组织建设图版，细化分工、明确职责，制定了五年发展规划和精准脱贫两年规划。驻村干部带头，每年对全村贫困户走访不少于4次，对家庭成员信息、住房情况、生产生活条件、致贫原因、年收入等逐项调查核实，在充分了解"病情""病因"的基础上，对每户贫困户制定精准脱贫方案。全村党员分别包联5到6户贫困户，从人民群众关心的实事做起，带思想、带致富，引领攻坚脱贫奔小康。

2017年5月，骆书记第二次来到南圪垛村走访调研，对一个时期以来南圪垛村的各项工作给予了充分肯定，对村委会场所建设、做好群众工作等

驻村干部宣讲"习总书记视察山西重要讲话精神"

县领导指导检查南圪垛村基层党建

提出了明确指示要求。两年多来，该村通过大力推进"三基建设"，充分发挥了党建工作在脱贫攻坚中的举旗指路、夯基筑台、聚力攻坚作用，实现了党建优势向发展优势转换。目前，全村干部群众目标笃定、自信十足，为脱贫"摘帽"铆劲向前冲。

三、培育红色产业，群众拥有了"聚宝盆"

要实现根本脱贫，必须强化"造血功能"，发展产业，突出特色。在驻村干部指导下，该村制定了"红色旅游＋特色产业"发展规划。"红色产业"中，依托中共中央西北局、陕甘宁晋绥联防军司令部旧址，全力打造红色革命旅游景点。租赁15户贫困户的房屋，每户每年资产性收入3000元以上；吸纳36名贫困劳动力参与环卫保洁、旧址管护工作，每人每年工资性收入达6000元。同时，支持贫困户发展农家乐、制作销售传统手工艺品等特色产业。"特色"产业中，实施1496亩红枣经济林提质增效工程，目前，通过高优嫁接的红枣林漫山遍野。村"两委"牵头成立香菇种植合作社，吸纳29户贫困户以每户5万元扶贫小额贷款入股，每户每年可获得保底收益4000元，同时将50万元财政产业补助资金折股量化给70户贫困户，修建32个食用菌大棚。实施总装机容量200千瓦的光伏发电项目，年可产生经济效益23.5万元，主要用于公益事业、公益岗位、公益奖补。另外，创建电商服务平台，与3家红枣和小杂粮加工企业合作，帮助销售农产品。成立造林专业合作社，累计造林1230亩，参与造林的67名贫困劳动力年人均劳务收入2500元。吸纳本村劳动力特别是贫困户劳动力参与美丽乡村建设，增加劳务收入。组织贫困群众参加护理护工、驾驶员等技能培训，不断提升劳务水平。

四、建强"红色阵地"，乡村树立了新形象

脱贫攻坚是乡村振兴的优先任务，实施乡村振兴，才能巩固脱贫质量。驻村工作队和第一书记将该村作为全县乡村振兴示范点来打造，特别是基础设施建设方面，按照"三基建设"标准，不断完善村级便民服务室、党员活动室、文体活动室、图书阅览室等，以便更好地服务党员群众。按照贫困村退出标准，投入大量资金，提升村内水、电、路、网、讯、房等基础设施建设。其中，新建占地80平方米的村卫生所，有诊疗室、理疗室、健康小屋、中药房和预防接种室等，在红色精神感召下，党员高巨垫主动承担村医职责，为贫困患者提供服务。同时将11孔窑洞改造为老年人日间照料中心，包括阅览室、康复室、棋牌间、休息室和食堂，接纳安排村内70岁以上的老人且子女均为外出务工人员，为老年人提供了丰富多彩的活动场地。按照美丽乡村建设标准，积极争取资金，为村民新建了篮球场、门球场、乒乓球场等体育设施和文体活动广场，为村民健身房配备了跑步机、单车等健身器材，丰富了广大群众的精神文化生活，促进了乡村文明建设。

启　示

临县南圪垛村依托红色资源，通过抓党建促脱贫攻坚，做亮红色特色，提升脱贫成色，得到了各方面的高度关注和充分肯定，成为可借鉴、

南圪垛村美丽乡村暨红色旅游启动仪式

可推广的红色脱贫模式。南圪垛村红色党建引领脱贫的经验给我们提供了启示。

一、帮助建强基层组织

脱贫攻坚单纯依靠帮扶力量，很难实现"精准脱贫"。村支部书记最懂村情、最"接地气"，"领头雁"飞起来了，群众自然看到了希望；班子战斗力强了，自然就说话有人听、办事有人跟。南圪垛村正是有了一个新班子，群众的心才聚到了一起，才会取得一个一个新胜利。因此，抓帮扶首先要加强村班子队伍建设，帮助建个好支部，打造一支不走的工作队，真正把基层党组织建成带领群众脱贫致富的战斗堡垒，扶贫工作才会产生长久内生动力，彻底拔掉"穷根"。

二、帮助夯实发展基础

产业是支撑农村发展的核心和基础，是脱贫攻坚的关键举措。帮扶干部要发挥自身优势，帮助构建农、旅、文产业融合发展体系，实现乡村产业链条化，促进农村基础设施建设和公共服务体系建设，保持农业农村经济发展的旺盛活力，为乡村振兴提供不竭动力。南圪垛村正是打造了红色旅游景点，改进完善了基础设施，游客才愿意来，群众才从产业链上实现了增收。

三、帮助放大资源优势

农村有很多沉睡的资源，当地群众发现不了，看不到其潜在的价值。骆书记要求传承红色基因，驻村干部挖掘红色资源，打好红色这个品牌，南圪垛才会红火热闹。驻村帮扶，就是要依靠帮扶干部眼界宽、见识广的优势，帮助群众发现资源，找准路子，突出特色，放大优势，做好特色文章，实现差异竞争、错位发展。

特色产业强支撑 创新模式促增收

——省长楼阳生帮扶左权县泽城村纪实

背景导读

2016年，左权县被确定为楼阳生省长联系帮扶贫困县，麻田镇泽城村被确定为楼省长帮扶贫困村。泽城村地处太行山集中连片特困地区，位于清漳河东畔，北距左权县城60公里，南距麻田镇政府15公里，东北距十

楼阳生同志入村调研座谈

楼阳生同志询问老乡农耕情况

字岭峰顶左权将军殉难处10公里，下辖西泽山、南山2个自然村，山高沟深、土地贫瘠，生存条件恶劣，现有耕地1700余亩，总人口499户1378人，其中建档立卡贫困人口273户814人，建档立卡初期贫困发生率59.07%。2016年7月，该村遭受了20年一遇的山洪灾害，道路、桥梁、堤坝、农田等基础设施毁损严重，经济损失巨大，让这个大山深处的贫困村雪上加霜。

在统筹部署推动全省精准扶贫、精准脱贫、取得连战连胜的同时，楼阳生省长高度重视左权县及泽城村的脱贫攻坚工作，十分牵挂那里的父老乡亲，多次深入左权县调研指导，在泽城村入户对接、了解情况，与基层干部、第一书记、扶贫队员、贫困群众等促膝交流，指导制定脱贫举措，帮助解决实际困难和问题，有力推动泽城村贫困面貌发生了根本性变化。2017年，泽城村农民人均纯收入达到6623元，高于左权县平均水平1366元；增速达12%，高于左权县平均增速1.2个百分点。2018年该村全部脱贫。

主要做法

一、因地制宜发展主导产业，夯实脱贫致富基础

发展产业是实现脱贫的根本之策。楼阳生省长十分关心泽城村产业发展，指导制定了泽城村产业发展三年规划和年度推进计划，强调要推动"农旅双链"发展，倾力培育打造核桃、中草药经济等特色主导产业。指导农户大力发展有机旱作农业，全村已建成渗水地膜谷子种植基地60亩、低秆高粱种植基地100亩，覆盖贫困户人均分别增收200元、150元。落实光伏产业扶贫政策，协调推动建成100千瓦村级光伏扶贫电站，覆盖20户深度贫困户，年人均分红3000元；55户贫困户安装了屋顶式光伏电站，每户增收4000—6000元。楼阳生省长帮扶的贫困户李某，仅屋顶式光伏电站和担任生态护林员两项，年可增收8000元以上。

二、探索创新生产经营模式，促进贫困群众稳定增收

创新生产经营模式，是贫困地区破解生产组织化程度低、农民就业门

楼阳生同志深入田间地头询问中药材种植情况

路少等难题的有效途径。在楼阳生省长的指导推动下，泽城村探索走出了一条"龙头企业+合作社+基地+农户"的生产经营新路子。2017年4月，该村与山西振东集团签订了中药材种植回收框架协议，振东集团负责提供种子和技术指导，以不低于市场价的价格回收中药材；合作社负责集中流转土地，组织生产；农户参与种植、管理。目前，已合作建成射干、瞿麦基地700亩，覆盖贫困户人均增收2000多元。泽城村组建的生茂核桃服务技术专业合作社，吸纳社员100户，其中贫困户60多户，2015年以来给村民提供了120多个劳动岗位，支付劳务薪金、土地租金54万元，社员年可增加收入4000—9000元。村里还组建了先锋水利防护专业服务队，带动农户50户，其中贫困户30户，2017年户均劳务增收4000元。

三、下大气力建设美丽乡村，以乡村旅游助力脱贫攻坚

泽城村位于太行旅游板块的中心地带，山清水秀，风光独特，具有发展乡村旅游的良好条件。在楼阳生省长的指导帮扶下，该村紧紧抓住左权县发展全域旅游、建设省级生态文化旅游开发区的难得契机，加快美丽宜居乡村建设，着力打造乡村旅游发展示范村和清漳河流域重要旅游综合服务基地。2017年，争取投资1984.57万元，高标准完成泽城大桥恢复重建和护村坝工程，新建并铺设硬化外环路和村主街道，修建公厕，维修广场，美化墙体，进行污水管网改造，建成生活污水处理站，有效解决了村民雨季出行和洪涝疏浚等难题，村容村貌焕然一新。2018年7月，泽城村入选首批省级旅游扶贫示范村名单。目前，投资40万元的田间路硬化、投资5900万元的泽城至南山段公路硬化和5座水毁桥梁恢复重建等工程正在扎实推进，总投资2576万元的泽城水电站项目即将开工。通过这些实实在在的帮扶举措，努力把泽城村打造成为集生态观光、民俗体验、乡村度假、休闲养生于一体的乡村旅游胜地，深度融入左权全域旅游和太行旅游板块，呈现了"大美太行有泽城，泽城山水映太行"。

四、注重发挥基层党组织作用，党员带头激发内生动力

楼阳生省长在帮扶中对加强泽城村村"两委"班子建设及"三基建设"提出明确要求，强调要充分发挥基层党组织的战斗堡垒作用和扶贫一

线党员干部的先锋模范作用，进一步激发贫困群众的内生动力，确保现行标准下泽城村贫困人口全部脱贫。泽城村"两委"班子和扶贫队员认真落实楼省长要求，组织开展了"扶贫路上我先行"等活动，支持党员创办领办脱贫项目。村党支部书记赵富生带领30名党员、70名修剪管护技术人员，创办了生茂核桃服务技术专业合作社。支委李殿明和党员赵荣民带领农户示范种植渗水覆膜谷子100亩、高粱80亩，喜获丰收。楼阳生省长帮扶的贫困户赵某，争取国家贴息贷款35万元，牵头组建蛋多多农民养殖专业合作社，圈养蛋鸡1万只，从2017年8月份开始产蛋，目前净收益近20万元，有效带动了8户贫困户脱贫。

五、充分调动各方面力量，补齐农村社会事业短板

2016年底，省政府办公厅被确定为泽城村对口帮扶单位。泽城村的贫困户与办公厅131名党员干部签订了结对帮扶目标责任书，建立起一对一帮扶关系，做到人人有联系户、户户有联系人，实现了建档立卡贫困户帮扶全覆盖。在楼阳生省长的支持下，驻村帮扶工作队先后邀请省农科院专家到村举办特色产业技术培训班，邀请省晋剧院、省曲艺团两次到泽城村开展"文化惠民、送戏下乡"活动。左权县有关部门、企业累计举办"布老虎"刺绣培训班、电子商务进农村培训班等各类培训20余次，受益贫困群众1000余人次，受到大家的热烈

给村民们发放种子、化肥

播种渗水地膜谷子

欢迎。社会各界积极参与帮扶工作，开展节日慰问等献爱心活动，为村民争取慰问金、物资50万余元。爱心企业为泽城村儿童捐赠价值10万元的学习和体育用品，为泽城村60岁以上老年人捐赠物品价值

健康扶贫义诊、发放健康宣传资料

19.2万元。泽城村贫困群众深切感受到党和政府的关怀、社会各界的关爱。楼阳生省长帮扶的贫困户、年已76岁的弓某某感慨地说："患有脑梗的老伴享受了贫困户慢性病优惠政策，每月的医疗补贴足够支付吃药钱，去年家里还刷了墙、吊了顶、铺了地板、换了铝合金门窗（"五洁净""六要六有"行动）。今年又添置了冰箱，从来没有享受过这么好的政策，村里从来没有过这么多的新变化。"

启　示

短短两年时间，泽城村的贫困发生率大幅下降，一大批贫困群众稳定脱贫，2018年底整村脱贫。泽城村脱贫攻坚的生动实践，为我们留下很多有益的经验和启示：

一、必须把产业扶贫作为关键支撑

只有产业发展起来，才能实现持续增收，从而彻底拔掉"穷根"。泽城村因地制宜发展特色农业、造林旅游和光伏等产业，实现了多元化、多渠道增收。泽城村是左权县产业扶贫工作的一个缩影。在楼阳生省长的关心指导下，左权县坚持长中短结合发展特色产业，全县形成核桃、杂粮、

畜牧养殖、设施蔬菜、中药材、生态造林、文化旅游、光伏、电商等九大增收产业，约有60%贫困人口依靠特色产业增收脱贫。

二、必须把机制创新作为第一动力

只有创新机制、强化利益联动，才能把"小产业"与"大市场"连接起来，有效解决农民群众增产不增收的难题。近年来，左权县坚持发展合作经营，全县注册成立农民专业合作社1007个、生态庄园257个、家庭农场44个，注册确立养殖大户450个、农机大户90户、种植大户16户，农民专业合作社注册资金达10亿元，129个贫困村全部达到"五有"标准（即村有产业、有带动企业、有合作社，贫困户有项目、有劳动能力的有技能）。

三、必须把乡村振兴作为前进方向

让贫困群众摆脱贫困是第一步，全面实现乡村振兴，彻底解决农村产业和农民就业问题，确保当地群众长期稳定增收、安居乐业才是根本目的。必须高度重视、认真谋划贫困村脱贫后奔小康工程，带领群众创造更加美好的生活。左权县在实现脱贫"摘帽"的同时，同步启动脱贫后奔小康工程，力争建设成为全省功能农业示范县、国家级旅游业改革创新先行区、乡村振兴示范县。

四、必须把党的领导作为根本保证

脱贫攻坚战越深入，越要加强党的领导。左权县始终坚持把党建作为最大政治任务，把脱贫攻坚作为最大民生工程，同部署、同推进、同考核。全县已打造寒王乡鹿鸣村、龙泉乡连壁村等农村示范党组织53个，集中组建麻田镇莲菜产业党总支、芹泉镇生态庄园党支部等产业党组织14个，辐射周边村组45个，涉及农户1300多户。组建脱贫攻坚党员先锋队，实施"党员带富"行动，培养储备35岁以下致富带头人入党积极分子214人，打造了一支"不走的扶贫工作队"。

产业扶贫是根本　多方帮扶建长效

——时任省委副书记、省政协主席黄晓薇帮扶吉县太和村纪实

背景导读

　　吉县太和村位于县城西南方向15公里处，人口374户1024人，其中农业人口344户970人；土地总面积4500亩，其中耕地面积2216亩、苹果种植面积1920亩。2014年共识别建档立卡贫困人口105户279人，贫困发生率27%，年人均收入仅2130元，贫困程度深，脱贫难度大。按照省委安排，2017年，时任山西省委副书记黄晓薇联系帮扶吉县，定点帮扶太和村。黄晓薇同志深入贯彻落实党的十九大精神和习近平总书记视察山西重要讲话精神，认真扛起联系帮扶职责，扎实推动中央及省委各项决策部署在吉县落地生根、开花结果；心系贫困群众的生产生活，多次以"四直两不"、蹲点驻村等方式深入实地调研，倾听掌握基层和困难群众所思所想所盼；认真把脉问诊、分析原因，与市、县、乡、村和扶贫工作队干部共同研究脱贫攻坚对策举措，提出突出党建引领，依托"红色苹果、绿色生态、黄色瀑布"的特色和优势，统筹推进八大脱贫攻坚工程的扶贫思路；

加强脱贫验收指导，专门组织召开座谈会并多次做出批示，强调要坚持问题导向、抓好重点工作、压实工作责任，确保扶贫实效和脱贫成色，高质量、高标准迎接好国家省际交叉考核和第三方评估。在省委、省政府的坚强领导下，黄晓薇同志与全县干部群众共同奋发努力，推动吉县脱贫攻坚取得明显成效。经县级申请、市级初审、省级核查、社会公示和国家专项评估检查，2018年8月8日，省政府正式批准吉县退出贫困县，成为全省第一批脱贫"摘帽"的国定贫困县。黄晓薇同志高度关注太和村的脱贫攻坚工作，走访贫困户，与群众"结对子""处亲戚"，坚持办群众最需要的事，解群众最忧心的结，真情投入，倾力帮扶，推动太和村实现了整村脱贫。

主要做法

过去的太和村，经济欠发达，基础设施差，是吉县脱贫攻坚工作的"艰中之艰""难中之难"。黄晓薇同志联系帮扶后，指导完善脱贫攻坚思路，督促各项扶贫政策落实，帮助发展脱贫致富产业，多方协调项目资金，强化基础设施建设。2017年底，太和村累计脱贫103户275人，贫困

帮扶建设的光伏扶贫项目

发生率降至0.4%，人均收入达到5260元，昔日的贫困村走上了致富路，乡村面貌发生了明显改善。

一、精确指导，建一个坚强支部，"主阵地"练出"主力军"

致富不致富，关键看支部。在脱贫攻坚战场上，党员干部在宣讲扶贫政策、整合扶贫资源、用好扶贫资金、推动扶贫项目落实等方面，起着关键性作用。黄晓薇同志第一次到村调研，适逢村支部召开"维护核心、见诸行动"组织生活会，会上她与村党员干部面对面交

实施果园田间路硬化工程

流，提出打赢脱贫攻坚战，要从党建抓起，明确要求村"两委"班子成员和党员干部要认真践行习近平总书记关于脱贫攻坚的重要论述，凝心聚力抓党建、强"三基"、攻脱贫，充分发挥党支部战斗堡垒作用和党员先锋模范作用。她还督促市县调优配强"三支队伍"，详细了解、具体指导驻村第一书记、扶贫工作队工作，有效激发第一书记和扶贫工作队的重要作用，形成聚力攻坚深度贫困的强大力量。在黄晓薇同志的指导推动下，太和村圆满完成村"两委"换届，一批素质高、人品正、能力强、威信高的同志被选进班子，基层组织建设有力加强；深入推行"支部+产业""支部+贫困户"的工作模式，把党小组设立到苹果产业全链条，在"产、供、储、销、深加工"等方面，进行指导技术，服务果农，村级服务功能

不断完善；深入推行"三五治村"模式、"四议两公开"工作法和"村级权力运行清单三十条"，开展"五星村庄"创建，基层治理水平明显提升。

二、精准把脉，找一条致富门路，"幸福树"结出"幸福果"

"地上没拉的，地下没挖的""种了麦子种棒子，年年都是老样子"。这是太和村多年前的真实写照。拔掉"穷根"、挪出"穷窝"，必须依靠产业。黄晓薇同志在到村调研时千叮咛、万嘱咐，抓苹果就是抓脱贫致富，抓提质就是抓农民增收，绝不能做"端着金饭碗要饭"的事。在黄晓薇同志的协调推动下，太和村修建了100口集雨井，50个果园管护房，100盏杀虫灯，硬化田间路3.5公里，引导群众搭建防雹网200余亩，不断完善农业基础设施，组织开展农业技术培训，提升抵御自然灾害能力。现在，太和村的苹果产业，已经形成了比较完备的管理、营销体系，今年的人均果品收入达到6100元，果树成为群众脱贫的"幸福树"，苹果成为群众致富的"幸福果"。黄晓薇同志的结对帮扶贫困户冯某某，有5亩果园，因缺乏科学管理，缺少资金投入，导致经营不善，年收入不高，生产的积极性下降。了解到这一情况之后，黄晓薇同志亲自入户与其交流，为其鼓劲，安排专人进行"一对一"技术帮扶，并帮助申请小额贷款。经过黄晓薇同志的帮扶与鼓励，冯某某的果园管理水平和果品收入显著提

果园防雹网

新农村倡导新风

高，现已稳定脱贫。

三、精细帮扶，建一座美丽乡村，"文明村"开出"文明花"

党的十九大提出乡村振兴战略后，黄晓薇同志按照中央及省委要求，将脱贫攻坚与乡村振兴、美丽乡村建设统筹考虑、一体推动，不断塑造太和村美丽文明新风貌，不断增强群众幸福感、满意度。着眼改善村容村貌，深入走访了解，有针对性地帮助解决问题，协调推动修建了15个垃圾池，安装了20盏太阳能路灯，硬化环村巷道700米，排水渠380米，使村内人居环境得到极大改善。针对因病、因残、缺劳动力致贫人口几乎占全村贫困人口三分之一的现象，督促落实健康扶贫"136"政策，联系省红十字会发放救助物资1.65万元，将党和政府的温暖送到他们身边。按照黄晓薇同志要求，太和村打造社会主义核心价值观主题广场，在村内开展先进典型、致富模范、孝老爱亲评选活动，用身边事教育感化身边人，引导群众自立自强、自力更生，展现出新的精神风貌。如今的太和村，村风正、民风好，人心思进，成了远近闻名的文明村，2017年被评为市级文明村。

启 示

太和村的脱贫路径是吉县打赢脱贫攻坚战的一个缩影。在此期间，黄晓薇同志与当地干部群众一路探索、一路前行，取得成绩的同时，一些经验做法对全省脱贫攻坚工作也具有一定的借鉴意义。

一、脱贫攻坚必须转变工作作风

打赢脱贫攻坚战，落实政策、增加投入、发展产业等固然重要，但扶正扶硬扶贫干部的思想作风更为关键。只有真正用心、用情、用力工作，真正把群众满意不满意、高兴不高兴、答应不答应作为衡量脱贫工作成效的最高标准，才能把我们算的账与群众心里的账算到一起，脱贫攻坚才能得到群众认可。在脱贫攻坚中，要带着感情、带着责任、带着好的作风抓脱贫攻坚，"实"字当头，"干"字为先，用心用情下足"绣花"功夫，实打实为贫困群众解决实际问题。要狠抓党建促脱贫攻坚，以农村党支部建设为核心，深化"三基建设"，充分发挥基层党组织的战斗堡垒作用和党员的先锋模范作用，为打赢脱贫攻坚战提供坚强保证。

新农村集中安置点

二、脱贫攻坚必须夯实产业基础

山西贫困县普遍存在脱贫主导产业发育不足，特色农业规模小、加工转化率不高，产品竞争力弱、市场占有率不高，经营主体组织化程度低、带动性不强等问题。吉县立足自身特色优势，把苹果作为主导产业培育，从无到有、从有到优、从优到精的过程，充分说明，只要找对路子，一定能干出样子。在脱贫攻坚中，要选准产业项目，不仅要以县、乡算大账，更要以村以户算细账，把我省特色农业、特色产品规划落实到乡村，确保村村有产业产品、户户有增收项目、人人有脱贫门路。

三、脱贫攻坚必须补上精神短板

脱贫攻坚千难万难，最难的是贫困群众内生动力不足。扶贫必先扶志。只有坚持扶贫与扶志扶智扶德相结合，才能有效脱贫、防止返贫。在脱贫攻坚中，要改进帮扶方式，坚持正向激励，健全完善生产奖补、劳务补助、以工代赈等机制，树立勤劳致富、脱贫光荣的鲜明导向。要加强思想教育，帮助贫困群众树立主体意识，变"要我脱贫"为"我要脱贫"。要树立脱贫典型，让有想法、有能力的人先富起来，用身边事教育身边人，增强群众自力更生、艰苦奋斗的干劲和决心。

满腔热情抓帮扶　多措并举促脱贫

——时任省委副书记、省政协主席黄晓薇帮扶静乐县马圈滩村纪实

背景导读

　　静乐县辛村乡马圈滩村位于静乐县城西北约15公里处，距辛村乡政府约1公里。全村总面积2460亩，其中耕地面积1700亩；户籍人口101户273人，有党员13人，常住人口41户66人。2014年共识别建档立卡贫困户34户111人，贫困发生率40.7%，是一个典型的"地下无资源、地上无企业，集体无收入、村民无产业"的"四无"贫困村。

　　时任省委副书记、省政协主席黄晓薇在帮扶过程中，始终把"群众接不接受、信不信赖、满不满意"作为检验帮扶成效的标准，深入干部群众、深入田间地头，访民情、解民忧、排民难，在她的示范带动下，县、乡、村三级干部始终把"打不赢脱贫攻坚战，就对不起这块红色土地"的政治责任扛在肩上，针对马圈滩村的村情实际，精准施策、精准发力，集中攻坚贫困户、巩固提升脱贫户、统筹兼顾边缘户，脱贫攻坚工作取得了实质性突破。目前，马圈滩村基础设施日趋完善、村容村貌大幅改观、贫

黄晓薇同志走访看望贫困户

困群众自主脱贫的意识显著增强，实现了34户111名贫困群众如期脱贫，年人均收入4250元，马圈滩村整村脱贫。

主要做法

一、以强化党建为引领，凝聚力量共促发展

2018年5月31日，黄晓薇同志来村调研时指出"群众富不富，关键看支部"，"支部强不强，先看领头羊"。按照黄晓薇同志指示精神，马圈滩村委紧紧围绕"抓好党建促脱贫"要求，突出"精准"二字，认真履职尽责，齐心协力、迎难而上，开展了一系列卓有成效的工作。支部书记白玉生带头申办了静乐县鸿福种植专业合作社、辛林造林合作社，吸收24名贫困群众加入合作社获得分红收益，拉近了他和村民的关系，在村里树立了威望。同时将村"两委"班子建设、"三基建设"和落实"三会一课"制度、开展"主题党日"活动相结合，定期召开支部党员大会、支部委员会、党小组会，和党员谈心谈话、沟通思想、商讨脱贫攻坚工作，进一步增强了党组织凝聚力、战斗力。邀请乡主要领导、包村领导讲党课，以自主学习等方式全面学习习近平新时代中国特色社会主义思想，学习脱

贫攻坚相关政策法规、拓展干部知识面、提升干部政策水平和工作能力；将每月5日确定为"支部主题党日"，通过重温入党誓词、现场缴纳党费、学习党的理论、党员互动交流等固定动作，牢固树立党员的宗旨意识、服务意识。

二、以发展产业为抓手，拓宽群众增收路径

黄晓薇同志来村调研时，沿村主路实地察看村基础设施建设工作，审阅整村提升规划、产业发展计划，要求"广泛发动群众，紧密依靠群众，集思广益，科学谋划，用足用好各项扶贫政策，花足花好每笔扶贫资金，在壮大集体经济、激发群众内生动力、培育富民产业、改善基础条件上下功夫、见实效"。按照黄晓薇同志的要求，马圈滩村统筹县乡各项扶贫资金，因地制宜，在基础设施建设、培育产业上精准发力。一是抓好春耕备耕，夯实基础促增收。利用10万元扶贫资金，紧抓春耕备耕节点，购进优质高效复合肥分发给贫困群众，既节省了他们购肥开支，又安排力量引导他们合理施肥、科学种田，提高了土地利用率和收益。二是创新资金使用方式，扶持合作社建设。先后将28万元扶贫资金注入鸿福农牧合作社，在解决其资金不足问题的同时，帮助其发展壮大，以村委会名义和鸿福农牧合作社签订资金使用协议，每年向村集体交回资金收益3.8万元，增加集

黄晓薇同志走访看望贫困户

黄晓薇同志一行在村调研"扶贫爱心超市"

体经济收入，用于资助村里其他困难群众和集体支出。三是扶持养殖业发展，培育壮大强村富民产业。利用省领导帮扶资金，修建了综合养殖场，以村集体的名义采用入股和租用的方式，解决了马圈滩村养猪、养牛大户和部分群众发展产业没有圈舍的问题，同时也增加了集体收入、改善了村环境卫生状况。四是狠抓基础设施建设，着力改善人居环境。利用整村提升资金70万元，本着因地制宜的原则，实施了街巷整治、美化亮化工程，建设了文化广场、文化墙，为乡村振兴打下了坚实基础。同时，在黄晓薇同志的关心支持下，帮助马圈滩村投资修建了一条30万元的通村便民桥，极大地缩短了群众出行时间，为农特产品销售、村集体经济发展创造了条件。

三、以精神扶贫为根本，激发群众内生动力

按照黄晓薇同志调研时提出的"贫困群众既是脱贫攻坚的对象，更是脱贫致富的主体。要加强扶贫同扶志、扶智、扶德相结合，激发贫困群众的积极性和主动性，激励和引导他们靠自己的努力改变命运"的要求，马圈滩村将扶贫与扶志、扶智、扶德相结合，"法治、德治、自治"相融合，组建"村民议事小组、村务监督小组、村民日常表现评议小组"三个小组，"道德评议会、红白理事会、禁赌禁毒会"三个理事会，以"爱心超市"为核心，让群众"以表现换得分、以得分兑物品"，激发群众内生动力，助推脱贫攻坚工作。目前，村"两委"主干致富、带富能力明显增强，帮扶干部"扶贫有责、扶贫有我、扶贫有幸"的责任意识、使命意识明显增强，村"两委"班子凝聚力、战斗力、号召力明显增强，贫困群众要脱贫、会脱贫、争先脱贫的积极性、主动性明显增强。村容整洁、文明和谐、勤劳节俭、孝亲敬老、感恩奉献的新风正气逐渐形成。

启　示

在时任省委副书记、省政协主席黄晓薇的帮扶下，马圈滩村通过"抓党建、兴产业、增动力"，多管齐下、综合发力，实现了贫困群众稳定脱贫、整村如期退出，为打赢深度贫困地区脱贫攻坚战提供了经验。

一、脱贫攻坚加强党的领导是根本

脱贫攻坚，加强党的领导是根本，是基础。马圈滩村以"支部建设"为抓手，聚焦基层党组织薄弱环节，采取一系列行之有效的办法措施，在增强村"两委"主干致富带富能力、影响力、感召力上想办法、出实招，让基层干部思想升华、本领增长、作风转变，极大地提升了基础党组织战

根据黄晓薇同志建议修的通村便民桥

斗力、凝聚力，持续巩固了党在基层的执政基础，为脱贫攻坚提供了坚强政治组织保证。这一做法启示我们，脱贫攻坚要充分发挥各级党委总揽全局、协调各方的作用，压实脱贫攻坚责任，如此脱贫攻坚才会如期圆满打赢、打好。

帮扶修建的养殖场

二、脱贫攻坚抓好产业发展是关键

马圈滩村整合资金、合理安排产业，促进种植、养殖业，高效化、集约化、多元化发展，在解决贫困群众增收、村集体经济壮大的同时，改善村环境卫生、提升群众的归属感、荣誉感和幸福感，走出了农业循环发展、物资永续利用

村容村貌改善后宽敞明亮的街道

的路子。不仅改善了该村原先的产能落后、单一发展的格局，还为贫困人口实现就近就业、返乡创业提供了机会，为全面打赢脱贫攻坚战提供了长效保障。

三、脱贫攻坚群众是主体

习近平总书记指出，贫困群众既是脱贫攻坚的对象，更是脱贫致富的主体。马圈滩村以组建"爱心超市"为核心，不断创新运行模式，把精神扶贫精量化、效益化，提倡多劳多得，营造勤劳致富、光荣脱贫氛围，实现了"群众得实惠、干部转作风"和物质扶贫与精神扶贫相辅相成双创双赢，有效激发贫困群众内生动力，全面推进精神扶贫工作。他们创新、改进了帮扶方式，为打赢脱贫攻坚战提供了强大精神动力。

打基础　利长远　倾情驻村帮扶结出硕果

——省委副书记林武帮扶石楼县胡家峪村纪实

背景导读

石楼县位于晋西吕梁山西麓、黄河东岸，属于国家级贫困县，是十个省定深度贫困县之一。总人口11.9万，农业人口9.8万，2015年底建档立

林武同志与乡村干部群众促膝交谈

林武同志走访贫困户

卡贫困户1.2万户、贫困人口35920人，贫困发生率达36.7%。2016年度和2017年度，石楼县39个贫困村、17550人贫困人口脱贫退出，经过动态调整，贫困发生率为24.3%。

深度贫困村胡家峪地处石楼县屈产河源头，全村198户585人，建档立卡贫困户58户154人，分散居住在不足一公里长的屈产河沟两岸。全村人均耕地不足2.5亩，主导产业核桃种植管理粗放，2017年人均纯收入不足2500元。生活生产条件差，现有产业发展滞后，农民增收乏力是胡家峪村情的真实写照。

在林武同志的亲自指导、悉心帮扶下，2018年，石楼县退出贫困村34个、贫困人口12370人，圆满完成年度目标任务，贫困发生率降低至11.22%，取得了明显的减贫成效；胡家峪村58户贫困户全部脱贫，村集体经济收入达到9万余元，成功退出贫困村序列，实现整村脱贫的目标。

主要做法

一、深入"问计听声"，亲民务实解民忧

深入基层才能知道群众的疾苦，深入群众才能了解群众的所思所盼。刚刚履新的林武同志调研第一站就选择了帮扶点——石楼县灵泉镇胡家峪村。在村里，他吃农家饭、住农家炕头，与干部和村民促膝交谈，驻村夜话，共商脱贫大计。他要求党员干部要扑下身子，不辞劳苦，想方设法为群众寻找脱贫门路、寻找致富项目，尽快让他们走上脱贫致富道路。他亲切地与贫困户一起细算当年的收入账，商讨更有效的脱贫措施，鼓励贫困户要自力更生，利用当前好的扶贫政策，依托现有资源发家致富。

到贫困户家里坐一坐，同困难群众聊一聊，与群众坐在一条板凳上，既能打开群众心结、增进与群众的感情，也能充分掌握实情、做到帮扶精准。林武同志定点帮扶石楼县胡家峪村以来，每次深入胡家峪村，他都要

林武同志与贫困户亲切交谈

与党员干部、贫困户抵足谈心，家庭收入、吃水问题、农电改造、孩子上学、医疗报销、退耕养殖补贴、致贫原因等和群众生产生活密切相关的大事小情都是他与群众交流的热门话题。

"问计听声"解民忧，务实作风促成效。胡家峪村有许多田间路是"断头路"，给群众发展生产带来诸多不便。契合村民意愿，为解决农民春种、夏管、秋收田间作业的现实困难，林武同志亲自协调，将150万元专项资金迅速到账，4.3公里的田间路不足两个月就已建成。与此同时，在首次石楼县调研驻村时隔不足一个月，他又在百忙之中召集省直部门共同专题研究石楼县攻坚深度贫困的对策举措。在他的关心支持和多次过问协调下，省农业厅来石楼县考察调研，对接"一县一策"，山西水塔醋业股份有限公司与石楼树德枣业公司合作成立联合公司并签约供货；农特产品送健康"五进"活动在北京成功举办，首家"爱心扶贫超市"开业；石清黄河大桥引线维修除险加固工程完成并通车……

他对胡家峪村的群众期盼、对石楼县的工作困难一一做出回应，一件件"暖心之举"、一项项"务实之措",不仅为胡家峪村乃至石楼全县的脱贫攻坚增添了信心、注入了动力,更大大激发了党员干部干事的积极性和贫困户脱贫的主动性。

二、聚焦稳定增收入,精准帮扶促脱贫

产业扶贫是稳定脱贫的根本之策,稳定增收必须要靠发展产业来实现。对于发展产业扶贫,林武同志始终高度关注、全力支持。

他为胡家峪村产业发展定准了思路基调,提出要做大做强现有产业、建立常态管理机制,同时要着眼补齐短板、发挥区位优势,大力发展城郊现代农业、休闲旅游产业,通过高质量发展完成脱贫攻坚目标任务。在他的关心指导下,胡家峪村实施提水上山灌溉的提质增效工程,以"支部+造林合作社"生态脱贫机制,成立了由支部领办的专业造林合作社,21户贫困户入社并承接核桃林嫁接改良120亩,提质增效636.6亩,核桃株产由30斤提高到50斤,每户平均分红收入达到4万余元。同时,他和县、乡同志商定,投资了130万元,启动20个蔬菜大棚和采摘园项目,积极推进"水上乐园"二期工程,并帮助村党支部建立利益链接机制,将产业项目收益最大限度惠及群众。这一系列发展产业促增收的举措,让贫困户看到了脱贫的希望,也坚定了脱贫的信心。

他对石楼县覆盖所有贫困村的光伏扶贫产业项目建设全方位跟进。石楼县光伏项目35兆瓦容量规模的10个电站,出现了分村建设选址难、建设和运营成本高等困难,在他的指导下,石楼县确定了选址集中建设方案;在集中建设遇到接入并网的困难时,他协调省发改部门以及晋能集团,确定了接入系统方案意见;根据方案需要新增建设光伏升压站,而石楼县财力薄弱存在建设资金缺口时,他又协调市级层面投入资金支持。在他的一步一步协调、支持、推动下,石楼县光伏扶贫电站如期完工并网发电,目前,全县已有64个村集体获得了2万元以上的光伏扶贫资产收益。

三、做好"后半篇"文章,绘就蓝图奔小康

如何巩固脱贫成效,实现脱贫效果的可持续性,是打好脱贫攻坚战必须正视和解决好的关键问题。做好脱贫攻坚的"后半篇"文章,成为林武

核桃林提质增效工程

同志深度思考的课题。

他立足胡家峪实际和石楼县经济社会发展大局，几次调研之后，着手对胡家峪村的小康建设"谋篇布局"。经过精心运作，石楼县聘请浙江大学专家团队，主持编制《胡家峪美丽乡村建设规划》。《规划》坚持以市场为导向、产业做支撑、绿色铺底景，着力推进生态经济带、田园综合体、美丽和谐村建设，描绘了胡家峪村小康社会的美好愿景。胡家峪村广大干部群众为之欢欣鼓舞，大家坚信有省委省政府的坚强领导、省市县三级的鼎力帮扶，未来胡家峪村"产业兴旺、生态宜居、生活富裕、治理有效、乡风文明"的蓝图一定会成为现实。

面对制约石楼县发展最大的短板——交通，他把握下情、对接上情，在全面肯定和支持石楼县通过"PPP"模式建设覆盖全县所有行政村的"农村四好公路"的基础上，特别针对石楼县至今尚未通高速的实际，在高速公路建设上给予充分支持，他对项目推进重点环节、难点问题深入分析，在解决对策各方面细节上进行具体指导，反复与相关部门协调，多次和省市县三级研讨，不断完善项目推进措施，明确了工作方向，石楼县高速公路建设全面提上了日程。

启 示

　　林武同志帮扶联系石楼县胡家峪村，送来了党和政府的温暖，为贫困户带来了实实在在的利益，汇聚起了帮扶的强大力量。同时驻村帮扶的实践，也给我们提供了有益启示。

　　一、问需于民、问计于民，为谋划脱贫攻坚做足"课前功夫"

　　习近平总书记指出："在人民面前，我们永远是小学生，必须自觉拜人民为师。"广大群众作为脱贫攻坚的受益者和主力军，既能从自身利益出发考虑问题，又能从基层实践中总结经验，脱贫怎么干，群众说了算。只有坚持问需于民、问计于民，才能把脱贫方案制定好，才能顺应群众意愿、扶到群众心坎上。

　　二、实事求是、因地制宜，为推进精准帮扶走出"成功之道"

帮扶建成的田间路

　　坚持实事求是中国共产党人认识世界、改造世界的根本要求，是我们党的基本思想方法、工作方法、领导方法。实施精准扶贫精准脱贫方略，必须从本地实际出发，因地制宜、因村施策，充分考虑自然条件、资源禀赋、发展基础等因素，深入论证项目、资金落地产生的效果，准确把握扶贫工作的规律，才能真正把措施落实精准、把"钢"用到"刀刃"上。

三、扶志扶智、激发活力，为确保打胜打好脱贫攻坚战提供"动力源泉"

精准扶贫既要"扶智"又要"扶志"，这是检验各级党委、政府扶真贫、真扶贫的"试金石"。只有教育引导群众持续转变观念、提升素质，增强"造血功能"，激发群众积极投身脱贫攻坚的主战场，推动"要我脱贫"到"我要脱贫"的转变，才能凝聚起攻坚深度贫困的合力，有效阻断贫困代际传递，让广大贫困户共享改革发展的成果，不断提升贫困群众的获得感、幸福感和满意度。

立足当前规划长远，为推动持续发展做好"布局谋篇"。农村贫困人口如期脱贫、贫困县全部"摘帽"、解决区域性整体贫困，是全面建成小康社会的底线任务。整体脱贫后实现高质量发展，必须未雨绸缪、超前谋划，高起点规划小康建设蓝图，以顶层设计引领科学发展。

心系山村脱贫　助力小康征程

——省委常委、省纪委书记、省监委主任任建华帮扶
和顺县翟家庄村纪实

背景导读

　　和顺县横岭镇翟家庄村地处和顺北部、318省道北侧，距县城66公里，共有239户608人，耕地面积1800余亩，产业支撑不足，基础设施落后，公共服务滞后，是建档立卡贫困村。全村建档立卡贫困户170户，建档立卡贫困人口483人，脱贫任务艰巨。省委常委、省纪委书记、省监委主任任建华定点帮扶翟家庄村后，始终把该村脱贫工作记在心上，抓在手上，多次深入该村，饱含深情地实地走访调研，与驻村干部一起到田头、坐炕头、看槽头，和基层干部群众共商脱贫之计、共谋致富之策。省纪委监委机关始终将精准扶贫摆在重要位置，先后4次召开专题会议研究部署，印发了《关于进一步做实委机关帮扶对接工作的意见》，要求帮扶责任人以多种形式入户对接，做到人到心到，与帮扶对象聊在一起吃在一起，深入开展调查研究，实打实地发现问题、研究问题、解决问题，多管齐下、对症施策，推动政策落地、措施见效。经过两年多的精准帮扶，翟

家庄村产业得到长足发展，面貌得到全面改观，贫困户内生动力不断激发，农民人均纯收入从2014年的4070元增长到2016年4920元，贫困发生率从66.5%降至1.9%，如期实现了整村脱贫，步入了和顺县脱贫攻坚奔小康的第一方阵。

任建华同志到帮扶对象家入户对接

主要做法

在帮扶过程中，任建华同志与驻村工作队及干部群众一道，共同确立了"建好党支部、壮大牛产业、软硬一起抓、全面奔小康"的帮扶思路，扭住关键，在抓落实上下功夫，在解难题上见真章，为如期整村脱贫奠定了坚实的基础。

一、采取"三步走"，把村党支部建强

脱贫攻坚奔小康，党建引领是"先手棋"。任建华同志每次到翟家庄村，都要过问党建工作，每次同驻村工作队和村主干座谈，都要强调党建工作。在他的直接指导下，驻村工作队围绕标准化、规范化目标，采取"三步走"，让党支部充分发挥战斗堡垒作用。第一步，开展村情调研。驻村入户，同党员群众聊天谈心，吃透村情民意，把握党建现状，找准存在问题。第二步，推动素质提升。通过支部集中学、参加培训学、座谈讨论学、微信沟通学等多种方式，强化党性党风教育，引导党员干部发挥模范带头作用。第三步，强化工作规范。推进"两学一做"学习教育常态化、制度化，以完善党建资料和活动阵地为突破口，多次组织召开村"两委"

会、党员大会，宣讲政策，学习文件，制定议事规则，开展党日活动，进行设岗定责，逐步提高村党支部的领导力、组织力和号召力。通过坚持不懈抓党建，阵地更牢了，劲头更足了，支部更强了，作用更显了。2017年村"两委"换届时，进一步选优配强了班子成员，打造了一支不走的扶贫工作队。

二、谋好"牛文章"，把主要产业做优

脱贫攻坚奔小康，产业支撑是"驱动器"。任建华同志十分关注翟家庄村的产业情况，针对该村产业培育不足、支撑力不强的实际，直接指导推动产业项目建设。2016年以来，翟家庄村着眼脱贫，扬长避短，在发展主导产业上发力，投资270万元，发展集体产业，养牛40头，新建养牛园区一座，既解决了村级集体经济增长问题，又发展壮大了养牛产业，满足了村民产业致富的愿望。目前，翟家庄村存栏牛达到1400余头，户均近6头，养牛已经成为翟家村村民致富奔小康的当家产业。与此同时，帮助筹资200余万元，实施了农田标准化建设项目，改造农田500余亩，发展粮饲种植，并配套肥料培土，提高了土地效益。特别是2018年10月，任建华同志在入户走访对接后，与村干部和驻村工作队就做强、做优养牛产业进行了深入讨论，针对牧坡超载、技术缺乏、利润流失等问题，要求驻村

任建华同志调研和顺县易地扶贫搬迁工程

任建华同志调研惠农企业——和顺县山河醋业有限公司

工作队制定养牛产业发展实施方案，并两次批示协调晋中市畜牧局等相关部门给予政策支持，最终形成了发展肉牛育肥示范园、天然草坡改良、秸秆综合利用、母牛提质等改变传统养殖模式的发展思路，为翟家庄村主导产业发展指明了方向，提供了支撑，开辟出了一条集种植、养牛、生态为一体的产业发展新路。

三、改变旧面貌，把基础设施夯实

脱贫攻坚奔小康，基础建设是"硬杠杠"。长期以来，翟家庄村村容村貌落后，环境卫生差，饮水管道陈旧老化，亟待改造；碎石片路和土路坑坑洼洼，亟待整治；残垣断壁破旧不堪，亟待整修，村民改变面貌的愿望迫切。任建华同志和驻村工作队都看在眼里，急在心上，决定率先从群众关注的事抓起，从群众家门口做起，多方筹资，着力改善翟家庄村村容户貌。在任建华同志的亲自协调下，2016年以来，结合人居环境整治，先后实施了街道硬化、饮水改造、河道护坝、广场建设、村容村貌、亮化美化等基础设施工程，翟家庄村整体面发生了翻天覆地的变化，群众有了实实在在的幸福感、获得感。站在柏油路面主街道和村级广场上，村支部书记郝彦斌兴奋地说："没有包村领导的关怀，没有驻村工作队的支持，这是以前我们想都不敢想的事情。如今环境变了，人心齐了，我们奔小康的信心更足了!"翟家庄村旧貌换新颜,展现出了生机盎然的新气象。

四、提振"精气神",把扶志扶智引深

脱贫攻坚奔小康,扶志扶智是"强心剂"。任建华同志同县乡村干部座谈时反复强调,坚持把扶志扶智放在第一位,往深里做、实里抓,耐心细致做好群众的思想工作,让贫困群众有志气、有信心、有意愿增收脱贫奔小康。他每次到村入户,都要到帮扶户上走走看看,坐在小院里、土炕上,嘘寒问暖,详细问询联系帮扶户的身体状况、生产生活和政策享受情况,勉励他们一定要自力更生,勤劳致富,争取通过自己的努力早日过上小康生活。在他的亲切鼓励下,家有残疾人的贫困户郝某某靠养牛盖起了3间新房,女儿顺利毕业当了幼儿教师;残疾户老郝在村务工,增加了家庭收入,儿子当上了铲车驾驶员;贫困户郝某某买进3头母牛,家庭的生活蒸蒸日上……按照任建华同志的要求,驻村工作队利用村民代表会、唱大戏、发放物资、入户访谈等时机,宣讲党的富农惠民政策,教育引导村民树立"劳动光荣、自主脱贫"的观念,培育积极向上的村风民约,激励村民撸起袖子加油干,全村进发出向好向上的生机和活力。

帮建翟家庄公共浴室

帮扶翟家庄修路

五、办好"暖心事",把真情实意留下

任建华同志心里始终装着翟家庄老百姓的民生实事。带着对贫困户的牵

组织养牛户开展技术培训

挂，他再三嘱咐驻村工作队，一定要多为老百姓办一些看得见、摸得着的实事、好事，解决一些实际困难。当在调研中了解到翟家庄村有的村民一年也洗不上一次澡时，他第一时间推动驻村工作队筹措资金，新建公共浴室1座，既方便了群众生活，也改善了村民的卫生习惯；当走访到村民有办幼儿园的愿望，了解到村民办理红白事标准不一、有浪费现象的时候，他和驻村工作队多方协调，帮扶翟家庄村新建幼儿园和老年日间照料中心，成立了红白理事会；当了解到公共场所的冬季取暖问题后，他嘱咐驻村工作队第一时间添置了"暖心煤"。这桩桩件件，润物无声，温暖了老百姓的心，也换来了群众对驻村工作队的认可和满意。看着这些实实在在的变化，村民程某某喜笑颜开地说："吃水不忘挖井人，致富不忘共产党，感谢党的好政策，让翟家庄变了样。"如今的翟家庄村心齐气顺，底气十足，阔步行走在奔小康的康庄大道上。

启　示

一、建强基层党组织是脱贫攻坚的坚强保障

农村富不富，关键看支部。抓好基层党组织就抓住了基层脱贫攻坚的"牛鼻子"。任建华同志包联翟家庄村抓党建、促脱贫，以及翟家庄村党建规范化建设的成功，就充分印证了这一点。着力打造一支政治素质好，群众威望高、致富能力强的村"两委"班子，充分发挥其"掌握情况最真实、群众联系最密切、落实工作最便捷"的优势，让他们在脱贫攻坚主战场当尖兵，真正"转"起来、"动"起来，村里就有了脱贫攻坚的主心骨。

二、开展精准帮扶是脱贫攻坚的关键所在

任建华同志包联和顺县和翟家庄村的过程中，一直强调精准扶贫、精准"滴灌"的理念，并推动工作队抓好落实，收到了良好效果。脱贫攻坚，要在摸清村情、户情的基础上，坚持实事求是的原则，针对不同贫困村、不同贫困户状况，想办法、找路子，"分门别类"制定切实可行的帮扶措施，切实做到"对症下药"、逐步"攻坚克难"，始终做到项目安排精准、资金使用精准、措施到户精准、脱贫成效精准，才能确保各贫困村、贫困户如期脱贫。

三、深化产业扶贫是脱贫攻坚的得力抓手

产业是脱贫之基、富民之源。翟家庄村抓住政策机遇、帮扶机遇，尊重群众生产习惯，不断做大养牛产业，实现了集体经济破零、农民增收致富和产业长足发展的"多赢"。这一点启示我们，在深化产业扶贫时，重点要立足实际，因地制宜大力培育有市场、收益高、利长远的主导产业，增强帮扶村自身"造血"功能。主导产业是贫困群众手中的饭碗，随意不得、马虎不得。必须尊重民意、审慎选择，不能华而不实、强行推动。

四、激发内生动力是脱贫攻坚的长久之计

贫困群众既是脱贫攻坚的对象，更是脱贫致富的主力。要强化扶贫同扶志、扶智相结合，教育引导贫困群众进一步树立从"要我脱贫"向"我要脱贫"的转变，增强自我脱贫的荣誉感、责任感，帮助贫困群众"补钙提神、壮骨强筋"，充分调动群众的积极性，将脱贫攻坚中政府的"独角戏"转变为群众参与的"大合唱"。

党建引领脱贫攻坚驶上快车道

——省委常委、太原市委书记罗清宇帮扶娄烦县河北村纪实

背景导读

村里无资源、无产业、无优势，有的只是贫困户、低保户，这"三无两有"是娄烦县天池店乡河北村前些年的真实写照。全村148户543人，

罗清宇同志在老乡褚存拴家与第一书记、村"两委"班子和部分党员代表、村民代表交流座谈

罗清宇同志入户了解贫困家庭情况

2014年建档立卡贫困户53户193人,五保户4人,低保户42户53人,贫困发生率35%,农民人均年收入不足2000元,经济基础薄弱。"有女不嫁河北村"在全县农村广为流传。近两年来,在省委常委、太原市委书记罗清宇的关心支持下,通过大力发展乡村旅游、光伏发电、特禽养殖等产业,2017年底已实现整村脱贫,贫困发生率降至0.7%,全村农民人均收入达到了6700元,村容村貌有了翻天覆地的变化,村民生活就像芝麻开花节节高。

主要做法

一、筑牢堡垒,让党员形象树起来

村子富不富,关键看支部。罗清宇同志联系河北村以来,先从村党支部建设抓起,明确要求村"两委"班子成员认真学习贯彻习近平新时代中国特色社会主义思想和党的十九大精神,带头把学习习近平总书记视察山西重要讲话精神落实到实际工作中,充分发挥好基层党组织的战斗堡垒作用和党员的先锋模范带头作用,讲奉献、有作为,一年年、一届届努力为群众办好事解难事。他多次与支部班子成员谈心谈话，切实激发大家的发展动力、坚定脱贫信心；通过在脱贫学堂上党课，努力推动党的政策和党的知识在党员群众中内化于心、外化于行，在村干部和党员中产生了巨大影响。在他的悉心指导和严格要求下，村党支部精心做好"不忘初心、牢记使命"主题教育前期准备工作，规范开展"三会一课"，建立完善了"主题党日+"活动制度，村里的组织生活走上了规范化、正常化的轨道。在村党支部的带领下，12名无职党员根据个人实际主动认领村内岗位，向群众做出承诺并认真履职，实现了"有职有为"；开展了党员带头脱贫和带动群众脱贫的"双带"活动，组织17名有帮扶能力的党员与17户贫困户"结穷亲"，脱贫党员与贫困党员致富联手、产业联办，极大地提高了村党组织和党员在群众心目中的地位，群众脱贫有了"主心骨"，攻坚有了"领路人"。

二、创新理念，让村庄环境靓起来

村容村貌关系着群众的精神状态，影响着脱贫的信心斗志。曾经的河北村"晴天满是灰、雨天一身泥；污水靠蒸发、空气靠风刮"，人居环境

罗清宇同志入村调研脱贫攻坚工作

极差。罗清宇同志经过深入调研，提出要结合实施乡村振兴战略，结合省城水源地保护，加强全村社会治理，倡导文明村风民俗，积极改善村容村貌，努力建设美丽乡村。在他的大力支持和亲自推动下，河北村深入开展了村容村貌大整顿、大提升工作，多方筹措资金，投入600多万元，建成青石路面和沥青混凝土路面4750平方米；铺设雨水管网1400米、排污管网700米，建成排洪渠400米；实现电线、网线全部入地；建成4200平方米的群众健身广场和1000平方米的停车场地；大街小巷摆放花坞60多箱，村前村后栽植苗木600多株，绿化荒山荒坡40余亩，一幅"街道纵横有致、管网整体入地、村内四季花香、村前绿树成荫、村后满山苍翠"的美丽乡村画卷正在徐徐展开。

三、盘活资源，让集体经济强起来

手中没把米，唤鸡也不灵。河北村多年来一直是村级集体经济"空壳村"，村干部说话没人听，办事没人跟。针对这种实际情况，罗清宇同志在反复调研的基础上，亲自组织召开村"两委"班子会议，深入分析现

丰收在望的香菇采摘

村中央的青石步行街

状，研究发展方向，根据娄烦县地处省城水源保护地，河北村又处于云顶山天然林保护区内的实际情况，明确了发挥自身优势，充分利用好自然生态、乡土民俗等独特资源，大力发展特色农牧业、旅游业等产业的发展思路，确定了"四条腿"走路发展壮大集体经济，带动村民脱贫增收的具体路径。一是走光伏扶贫之路。建成140千瓦光伏发电站一座，于2017年5月并网发电，实现年收益11万元，既填补了村集体经济收入空白，又带动全村贫困户户均增收1100元。二是走红色教育资源开发之路。利用红军东征途经河北村的红色资源优势，联络山东省滕州市"三人行"军事拓展基地，合作建设了"河北村红军东征路户外拓展训练营"，于2018年7月投入运营，实现每年保底收入15万元。三是走乡村旅游开发之路。引进山西四季风旅游有限公司，合作打造文化旅游村建设项目，利用40户农户闲置房屋102间打造农家小院，相关基础建设工程目前已经完工，其中5户农家小院7月已投入运营，每户月增收3000元，带动效果明显。同时，盘活旧村废弃土窑洞110眼，打造晋西北风情旅游项目。四是走特禽养殖之路。引进山西新青林畜牧科技有限公司，合作建成河北村水貂养殖基地，引进种貂500只，实现年收益10万元，带动贫困户户均增收1000元；引进山西怀安天池畜牧科技有限公司，合作建设河北村肉牛养殖项目，一期肉牛进场40头，预计年底可达450头规模。

四、扶贫扶志，让贫困群众动起来

罗清宇同志每次进村，都要叮嘱县、乡、村三级干部和在场群众：人贫志不能贫，一定要在党和政府的关怀下，在社会各界的帮助下，坚定信心、自力更生，扔掉"贫困帽"，走上小康路，让习近平总书记放心，让党中央放心。在他的带动和倡导下，村里统筹市、县帮扶工作队、乡包村干部、村"两委"干部和第一书记等帮扶力量，形成了"一对一、一对多""多对一"的帮扶格局。帮扶干部们建立帮扶台账，以激发贫困群众自主脱贫的内生动力为抓手，"因户施策、一户一策"推进脱贫攻坚。村民褚某某全家5口人，人多地少，仅靠种植土豆、打零工维持家庭生计，为帮其早日脱贫致富，市、县两级帮扶干部根据其爱钻研种植技术的特长，协助他办理扶贫小额贷款5万元搞起了香菇种植。2016年，褚某某出售香菇2万斤，纯收入1.5万元。2017年，他扩大种植规模，种植香菇达到2万棒，当年出售香菇4万斤，纯收入达到了4万元。在他的带动下，村里5户村民种植香菇大棚8间，都走上了致富路。在"一户一策"帮扶举措的推动下，目前，有56户农户年收入突破3万元，占到全村的38%，其中29户年收入突破了5万元，占到全村的20%。

启　示

一、只有建强党组织，脱贫攻坚才有战斗力

帮钱帮物，不如帮助建个好支部。河北村过去是典型的软弱涣散村，村干部缺想法、缺干劲，党员开会难、议事难，群众不支持、不买账。过去全村党支部活动不正常，党员一年到头开不了两次会，各干各的。在罗

全体村民中秋大团圆

清宇同志的指导和推动下，村党支部的战斗堡垒作用和党员的先锋模范作用得到了有效发挥，凝聚力和战斗力明显增强，党组织在群众心目中的地位显著提高，村民心向党、听党话、感党恩、跟党走已经在该村蔚然成风。正是因为有了这样坚强有力的组织保障，河北村的脱贫攻坚工作才能在短短两年内取得如此的好成绩。

二、只有扶贫扶志相结合，脱贫攻坚才有行动力

贫困群众既是脱贫攻坚的对象，更是脱贫致富的主体。只有扶贫与扶志、扶智相结合，激发贫困群众的积极性和主动性，才能使脱贫具有可持续的内生动力，真正实现永久脱贫、彻底脱贫。河北村通过举办爱心扶贫超市等方式，采取积分制管理模式，将贫困群众自主努力的每一个行动都变成积分予以公示，并给予适当奖励，有效强化了贫困群众自力更生、奋斗光荣的意识，激发了勤劳致富、自主脱贫的干劲和决心，实现了"要我脱贫"为"我要脱贫"的现实转变。贫困群众的积极性、主动性和创造性充分调动起来了，实现可持续稳固脱贫就不再是件难事。

三、只有坚持群众路线，脱贫攻坚才有凝聚力

按照罗清宇同志的要求，广大帮扶干部和村"两委"一班人始终同群众将心比心、以心换心，住在一起、想在一起、干在一起。每名驻村干部总是想老百姓之所想、急老百姓之所急，尽全力办好事关群众切身利益的每一件事。去年7月，老党员褚变虎因一场暴雨被困在所住危窑里，危难时刻，第一书记韩永政等驻村干部迅速赶到，将老人搬离并进行了妥善安置，之后又及时为其进行了危房改造，现如今老人已居住在安全舒适的安置房内；村民王某某因胃癌基本丧失了劳动能力，家庭生活十分困难，在帮扶单位娄烦县农行的倡议下，太原市农行系统职工为其主动捐款3万余元，驻村第一书记也帮助其妻找到了一份月收入近2000元的保洁工作，在市、县、乡三级帮扶干部的集体努力下，王某某全家终于渡过了难关。正是通过这样一件件看似不起眼的小事，使更多群众了解了驻村队员，使他们真真切切地感受到驻村帮扶干部是他们的贴心人。此后，驻村帮扶干部说的话他们都愿意听、办的事他们都愿意跟着干。经过两年多的努力，河北村民心顺了，民风正了，村民干劲足了，村子的变化大了，一个美丽、富足、文明、幸福的社会主义新农村正逐步展现于世人面前。

党建引领　旅游带动　打好东征村脱贫攻坚战

——时任省委常委、组织部部长吴汉圣帮扶永和县东征村纪实

背景导读

　　永和县地处晋西吕梁山脉南段，是全省10个深度贫困县之一。东征村位于县城西南32公里处，辖东征村、下退干村、小坪村3个自然村，全村287户788人，建档立卡贫困户160户453人，贫困发生率达58%。该村是

吴汉圣同志在贫困户家座谈

吴汉圣同志调研指导集体光伏电站管理工作

典型的红色村，1936年5月，毛主席率领红军东征回师西渡时曾路居此地，现村内建有红军东征永和纪念馆。在时任省委常委、组织部部长的吴汉圣同志及省委组织部的帮扶下，东征村始终坚持抓党建促脱贫攻坚，充分发掘本地红色旅游资源，成功打造了红色干部教育培训品牌、窑洞农家乐特色住宿品牌、美丽休闲乡村旅游品牌，带领革命老区的贫困群众走上了红色旅游的致富路。2017年，东征村实现整村脱贫，农民人均年收入达到4750元；2018年，东征村被国家农业农村部评为全国美丽休闲乡村，村容村貌发生了翻天覆地的变化，贫困群众生活水平得到了明显提升，村民满怀信心地走上了小康路。

主要做法

一、坚持党建引领，加强村党组织建设

吴汉圣同志讲，"对基层党组织而言，提升组织力就是说话有人听、办事有人跟，突出政治功能就是听党话、跟党走，加强基层组织建设，必须紧紧抓住这两个听与跟，充分发挥基层党组织的战斗堡垒作用，把党员组织

起来，把群众组织起来，夯实党执政的政治基础、阶级基础、群众基础。"省委组织部驻村帮扶干部坚决落实吴汉圣同志的要求，把加强村党组织建设作为听党话、跟党走的具体实践。

一是选好"领头人"。在2017年底村"两委"换届中，按照吴汉圣同志要求，大力实施本土人才回归工程，吸引在外打工的优秀年轻党员路东红回村竞选担任村党支部书记，充分发挥其多年在外打工、为人忠厚老实、管理经验丰富、思路开阔等优势，提升村党组织凝聚力、战斗力，推动村内农家乐管理及旅游发展。

二是加强阵地建设。落实加强"三基建设"要求，实施了东征村村级活动场所改扩建工程，在面积达到220平方米的基础上，建成配备多媒体设备的支部活动室、小图书室、小影院、卫生室等，促进了村党组织规范化建设，提升了村级工作水平。同时，在村内建成敬老院和日间照料中心，改善了五保、低保等特困群体的生活条件，也为村内老年人提供了活动场所。

三是壮大村集体经济。2016年东征村农家乐开始运营，在省委组织部

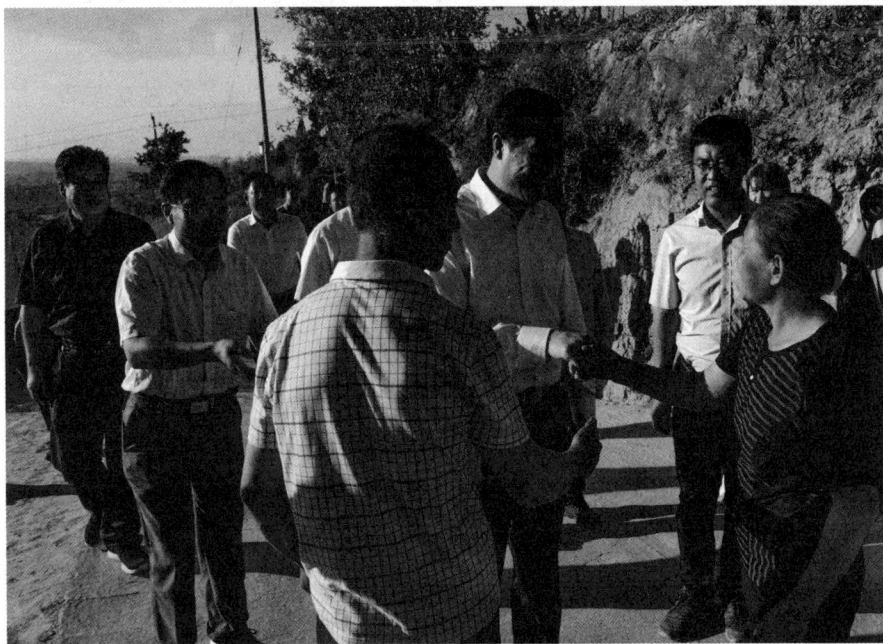

吴汉圣同志看望帮扶贫困户

的帮扶下，指导制定了农户和村集体8：2的收入分配模式，确保了村集体增收的稳定渠道。2017年协调利用1000万元专项扶贫资金在全县79个村发展村级光伏电站，东征村首批建成200千瓦/时光伏电站。2017年，东征村集体经济收入达到35万元。2018年，通过干部教育培训、农家乐、光伏发电、资产性收益、旅游纪念品销售等五条路径，村集体经济年收入预计可超过50万元。集体经济发展与村民脱贫致富形成了良性循环，全村经济发展内生动力显著增强。

四是促进乡风文明。设立"党员致富榜""好人榜"等，大力宣传村内党员带领村民致富的典型案例。在农家乐设立"党员示范户"，带动农家乐规范经营。成立东征村秧歌队、举办迎新年红歌赛、父亲节及重阳节敬老孝老活动，丰富村民文化生活，营造乡风文明的浓厚氛围。

二、坚持改革创新，发展壮大窑洞农家乐

如何利用好村内红色旅游资源与空闲窑洞资源这"两个资源"？2017年4月，时任省委常委、组织部部长的吴汉圣同志刚到任，就深入东征村调研农家乐建设，指导东征村运用"资源变资产、资金变股金、农民变股东"的改革思路，发展窑洞农家乐。农户以自家窑洞作为资产进行入股，将"资产"变"股权"，由政府出资按标准对其进行改造，建成后交村党支部、村委会统一管理。现在，东征村农家乐总规模达到113孔窑，在东征村自然村实现了全覆盖。2017年收入35万元，按照农户和村集体8：2的收入分配模式，农户收入28万元，村集体留存7万元。2018年，村委会与农户签订集中管理协议，对农家乐进行厕所除异味、房间红色元素装饰等升级改造，实现了农家乐的集中就餐与统一经营管理。在此基础上，逐步形成了"入股分红、务工收益、销售盈利、绩效奖励"四种收入分配模式：农家乐每住宿1人，农户可获分红收益30元；入股农户中有剩余劳动力且愿意到农家乐打工的人员，可优先录用到经营公司工作；合作社统一制作特色纪念品提供给入股农户进行销售，所得利润归农户所有；公司对游客反馈评价连续优秀的务工人员，从利润中给予绩效奖励。同时，为进一步提升东征村民宿品质，按照"一院一景"的思路打造了一个精品农家乐院落，目前仅该院落营业收入已近万元。

三、坚持红色主题，发展干部教育培训

2018年6月，吴汉圣同志到村调研，提出要发挥好组织部门培训干部与村内红色旅游资源这两个优势，发展干部教育培训，带动村集体和贫困户增收。在他的指导下，东征村党员干部教育培训基地2018年7月初开始运营，基地充分挖掘红军东征永和纪念馆等丰富的红色文化资源，打造了主题党日班、党性实战教育班、红色文化体验班等多个班次，形成了适应基层实际的干部培训体系，已承接省农科院、省焦煤集团、中煤集团、临汾市委人才办、阳曲县委组织部、交口县委组织部等10余家单位1200余人次的委托培训，实现营业收入75万元，不仅使东征村受益，还辐射带动省委组织部帮扶的阁底村、石家湾村、马家湾村及市委组织部帮扶的奇奇里村5个村集体收入达32万元，带动100余户贫困户户均增收3000余元。

四、坚持旅游带动，融合发展一二三产

2017年11月，吴汉圣同志在第一书记座谈会上指出，"要统筹谋划能够增加贫困群众收入、带动贫困群众脱贫的特色产业，找准抓好成长性好、带动力强、有市场竞争力的产业项目"。东征村创新"旅游扶贫"模式，通过乡村旅游发展吸引游客，通过销售农产品及旅游纪念品带动二产加工，根

东征村农家乐

帮扶户老刘做的"忆苦思甜红军饭"

据二产加工市场需求调整一产种养殖结构和产量，形成旅游带动，三产带二产促一产的融合发展模式。

一是发展观光采摘农业。建设了东征村特色采摘园，综合考虑游客流量季节分布与林果成熟时间，多样性种植钙果、玉露香梨、樱桃、苹果、赤焰辣椒，在夏秋旅游旺季的不同月份为游客提供了丰富多彩的采摘体验。开设了东征村土特产店，设计开发了"红色东征"系列农产品，帮助村民销售小米、绿豆等农产品。

二是发展香包手工制品与旅游纪念品。成立锦绣东征手工艺专业合作社，带动38名贫困群众加工香包获得1.5万元务工收益。设计开发了具有乾坤湾及东征纪念馆特色的龙盘、银币、汽车挂件等旅游纪念品，在东征村土特产店及农家乐内进行销售。

三是围绕旅游做好服务业。发展好干部教育培训，深度挖掘东征村红色旅游资源；经营好窑洞农家乐，为游客提供良好的住宿体验，用服务质量的提升带动产业持续发展。

五、坚持扶志扶智，促进贫困户自主脱贫

2018年6月，吴汉圣同志在看望其帮扶贫困户老刘时，鼓励老刘发掘自身优势，勤劳致富。给钱给物，不如帮助发展产业致富。在东征村干部教育培训基地投入运营之初，在第一书记和驻村干部的帮助下，曾经做过厨师的老刘为培训学员做起了"忆苦思甜红军饭"。老刘从最初的想干不敢干，担心影响干农活，对做好大桌饭信心不足，到后来越干越有劲，高兴地说："领导干部的帮扶让我干活找对了路，不出家门就开起了饭店，这日子越过越红火了。""忆苦思甜红军饭"三个多月接待培训干部10余期1200余人次，以美味可口的饭菜和热情周到的服务得到了培训学员的一致好评，收入达2万余元，不仅实现了自己的稳定脱贫，还带动了周边3户贫困户通过务工增加收入。

启 示

东征村"抓党建促脱贫攻坚，以乡村旅游为核心，融合发展一二三产业，推动实现乡村振兴战略"的发展思路，经过实践检验，是行之有效的。在精准帮扶、巩固脱贫成效、实现乡村振兴上进行了有益探索，提供了具有东征特色的答卷。

一、坚持党建引领是打好脱贫攻坚战的固本之策

"村看村，户看户，群众看支部。"基层党组织建好了，才能发挥战斗堡垒作用，才能在脱贫攻坚中起到引领带动群众、发展产业、脱贫致富的作用。建强一个村党组织，锻炼出一批脱贫致富的好带头人，农村经济社会发展才能具有更持久的内生动力。东征村从选好"领头人"、加强阵地建设、壮大集体经济入手，建设强有力的村党支部，为打好脱贫攻坚战提供了坚实的基础。

二、挖掘本土资源是打好脱贫攻坚战的根本保障

脱贫模式不能照抄照搬，只有立足本地资源，深入挖掘内涵，大力开发经营，才能找到最适合自己的脱贫路径。东征村立足本村丰富的红色旅游资源优势，大力发展党员干部教育培训、窑洞农家乐经营等，既壮大了村集

东征干部教育培训

体经济，又带动了农户致富，在不断探索完善的基础上，建立了适合本村发展的"旅游扶贫"模式。

三、帮助发展产业是促进贫困户自主脱贫的可靠途径

习近平总书记在十九大报告中提出"注重扶贫同扶志、扶智相结合"，帮助发展产业，既可调动贫困户的积极性，激发内生动力；又可发挥贫困户自身特长，实现有尊严的脱贫。在帮扶过程中，因户施策，善于发掘贫困户的优势与特长，并与全村产业发展相结合、相融合，是促进贫困户自主脱贫的最可靠、最有效的办法。

干部帮扶"一根轴"　党建产业"双驱动"

——省委常委、大同市委书记张吉福帮扶天镇县李家庄村纪实

背景导读

李家庄村位于天镇县城东北福禄山下、洋河之畔，全村共有461户
1418人，其中建档立卡贫困户63户201人；耕地面积3380亩，其中水浇地
2300亩，是一个以传统种植、零散务工为主的贫困村。2016年以来，该村

张吉福同志与村民座谈

张吉福同志帮老乡贴春联

在省委常委、大同市委书记张吉福同志的悉心指导和大力帮扶下，依托省交通运输执法局的定点扶贫优势，探索出"党建引领'两头抓'，产业扶贫'四个一'，结对帮扶'三到位'"的脱贫模式，凝聚了攻坚合力，落细了攻击点位，实现了决战决胜。截至2017年底，全村农民人均可支配收入达到6170元，有贫困户37户134人实现稳定脱贫，贫困发生率由2014年的14.2%下降到4.7%。2018年退出贫困户14户43人，实现整村脱贫"摘帽"。

主要做法

一、突出党建引领"两头抓"，让组织推动力成为脱贫主动力

攻坚贫困，党建引领是前提，关键要发挥好党建一头抓干部、一头抓群众的政治功能，实现双向发力、决战决胜。张吉福同志联系帮扶天镇县以来，先后走遍全县12个乡镇，深入19个贫困村，访群众、听民意、察实情，要求全县上下深入贯彻习近平总书记关于扶贫开发的重要论述，认真落实总书记在深度贫困地区脱贫攻坚座谈会讲话精神，并提出了"人、钱、始、终、收、满"六字要诀（人就是因村精准派人，钱就是精准用好资金，始就是把好精准识别入口关，终就是严把脱贫退出关，收就是与群

众算好收入账，满就是让群众满意)，实现上级、社会、良心和贫困户"四个满意"的思路要求，一方面主持召开了县级领导、科级干部、乡村党员干部3个层面座谈会，在李家庄大学堂亲自为县、乡、村党员干部讲党课，要求全县各级党组织向党中央看齐，发挥攻坚堡垒作用，激励全县党员干部打头阵、促脱贫，形成"党的组织有力量、一个党员一面旗"模范效应，使抓党建成为促脱贫的力量源泉。另一方面与李家庄村民齐聚在老杨树下谈发展、谈产业、谈增收，鼓舞干部群众依靠艰苦奋斗、自力更生实现脱贫。特别是张吉福同志给天镇精准制定、指导开展了强腰、招才、先锋、破零、升级、搭台"六大党建行动"，在他的牵线搭桥、帮助推动下，天镇建成了黑石梁百村光伏电站，发电规模达到5.23万千瓦时，带动1.5万贫困人口稳定脱贫，在全省率先实现了贫困村村级光伏扶贫电站、村集体经济破零、光伏扶贫收益"三个全覆盖"；与全国最大的知名教育品牌"北京商鲲"教育集团合作，打造"天镇保姆"升级版，6200多名保姆人均年收入3.5万元，成为全省劳务扶贫的"金字招牌"；抓住首都非核心功能疏解机遇，广泛联系北京和雄安新区企业，帮助招引项目150亿元，北辰正方产业化建筑等项目落地投产，正在成为天镇脱贫攻坚、转型发展的支柱产业。

二、实施产业扶贫"四个一"，让穷村民走上致富路

扶贫开发，产业培育是根本，核心要通过培育发展产业，建立利益联结机制，让群众依靠产业、聚在产业、富在产业。李家庄村是一个远近闻名的山大地薄、人多地少的穷村。张吉福同志联系帮扶该村以来，先后6次走村入户，与党员群众拉家常、摸实情、搞调研，通过深入分析、把脉会诊，为该村确立了一个基地、一个电站、一个平台、一个厂子"四个一"产业扶贫工程。一个基地，就是实施了200亩黄花、400亩糯玉米、1000亩绿色有机谷子"双百一千"项目，其中黄花每亩摘收3500斤，亩均收入可达8050元，带动农户189户种植，其中贫困户32户。同时，工作队分别给予1500元、200元的种植补贴，调动群众发展特色农业的积极性，仅此一项带动人均增收近2000元；一个电站，就是建设一个村级光伏扶贫

张吉福同志与贫困户一起包饺子

电站。去年全村光伏电站获益8万元，其中4.8万元兜底16户深度贫困群众，户均获3000元，剩余的3.2万元用于村级公益事业；一个平台，就是利用省领导扶贫专项资金，于今年8月建成了一个集仓储、烘干、交易于一体的服务平台，不仅为该村黄花、糯玉米等提供烘干、储藏和交易服务，还带动了30多名贫困群众打工；一个厂子，就是利用该村砂石资源，规划投资300万元，建设一个砂石水泥制砖厂。目前项目已获立项审批，预计2019年7月建成投产，可带动50人就近务工。通过实施"四个一"工程，不仅培育了致富产业，让村民们一步一步走上致富路，也辐射带动全县贫困村学比赶超，让群众尽快迈上小康路。

三、坚持结对帮扶"三到位"，把贫困群众"扶上马"再"送一程"

群众脱贫，干部帮扶是依靠，重点要做到点对点施策、手把手扶持，实现由"输血扶贫"向"造血脱贫"转变。张吉福同志联系帮扶该村以来，针对通村公路破旧偏远的问题，联系省交通厅新建一条5公里长的柏油路，实现直通县城，方便了群众出行和农产品出售；针对村容村貌不整洁的问题，帮助争取到省级美丽乡村项目，实施了文化广场、公共浴室、环村绿化、街巷硬化、新打机井、河道修复、街面整治等项目，省交通厅为该村安装太阳能路灯120盏，公共服务设施配套齐全，村容村貌焕然一新；针对群众科学种植观念落后的问题，帮助联系山西技师学院、农科院等单位的有关专家教授，多次组织农民进行培训，为该村农民讲授种养殖方面的专业知识，提高了村民科技种田和生产技能，为稳定脱贫奠定了厚实基础。张吉福同志年初与联系贫困户一起制定脱贫措施并协调推动落实，期间经常给贫困户打电话询问困难、协助解决问题，年底与他们一起算收入账，通过人到、心到、事到"三到位"，所联系的贫困户李某某发展奶牛养殖、参与造林合作社，不仅年收入达到3万元，一举摘掉了贫困帽，还成为脱贫典型户。尽管他已脱贫，但张吉福同志仍然关心挂念着，经常询问生产生活中的困难，做到了未脱贫的集中攻、重点帮，已脱贫的不放手、持续扶，带动天镇各级党员干部以身作则、真抓实干，争当务实为民的急先锋、脱贫攻坚的主力军。

驻村干部入户走访

绿色有机谷子喜获丰收

启 示

　　天镇县李家庄村在脱贫攻坚过程中，积极探索，大胆实践，走出了一条契合上级要求、符合本村实际的脱贫路子，取得了良好的发展效益、社会效益和脱贫效益。

一、上级领导倾力帮扶是关键

　　李家庄从穷山村翻身变成富裕村，靠的是上级领导的全力支持、倾力帮扶，不仅实现了村里缺资源、缺项目、缺资金"短板"与省市部门有资源、有项目、有优势"长处"的紧密结合，而且探索出了以改善基础、培育产业为主的帮扶路子，有力破解了"不会帮扶"的方法缺失、"给钱给物"的短期效应。这一做法启示我们，脱贫攻坚领导重视是关键。在工作中，要牢固树立以人民群众为中心的发展理念、以消除贫困为己任、以脱贫需求为导向、以群众满意为取向，集中人力物力财力真帮真扶、定向施策，做到扶到点子上、帮到关键处，用精准化帮扶措施实现精细化责任落实。

二、基层干部苦干实干是基础

在脱贫攻坚中，乡村是主战场、主阵地，乡村党员干部是先锋队、主力军。在张吉福同志的指导下，天镇县借鉴贵州赤水、四川南充等地的经验和做法，构建了县乡村脱贫攻坚三级指挥体系；结合2020年退出时间表，以任务为"堡垒"，以问题为导向，倒排工期，压实责任，部署开展了"六个百日攻坚战"，跑表计时，卡点验收，全面推行"一线工作法""入户派饭法""三次校对法"等工作举措，推动各级党员干部勇于担当、苦干实干，发挥先锋模范作用。这一做法启示我们，脱贫攻坚，干部实干是前提。在这场等不起、坐不住没有硝烟的战争中，只有通过党建引领、机制推动、行动跟进、服务保障，激发干部活力和干劲，才能决战脱贫攻坚、决胜全面小康。

联系帮扶修建的通村公路

三、贫困群众艰苦奋斗是根本

张吉福同志通过"定""带""扶",激发贫困群众的内生动力。"定"就是定规划,他与贫困户一起制订脱贫远期规划和短期计划,帮助树立脱贫目标,唤醒致富信心;"带"就是带着干,与群众一起摇耧种谷,一起采摘黄花,用实际行动教育引导贫困群众依靠勤劳双手创造美好生活,激发致富斗志;"扶"就是扶智,通过联系山西技师学院、农科院等单位有关专家进村授课,强化致富能力。这一做法启示我们,扶贫一定要扶心、扶志、扶智,只有帮助贫困户树立脱贫致富的目标,激发起他们自力更生、艰苦奋斗的精神,发挥主动性、积极性和创造性,变"要我脱贫"为"我要脱贫",才能从精神上摆脱贫困枷锁,实现致富奔小康。

发挥统战优势培育特色产业
拓展增收渠道助力脱贫攻坚
——省委常委、统战部部长帮扶中阳县车鸣峪村纪实

背景导读

车鸣峪村位于吕梁山脉中段、中阳县城东南,南侧曾是红军东征的主战场,中央后委机关和苏维埃支部的所在地,也是国家级贫困县的贫困村,平均海拔在1300米以上,三面环山,是典型的土石森林区,年平均气温只有5—8摄氏度,属高寒山区。2014年全村431户1256人;贫困人口175户489人;农民人均年收入仅2050元;车鸣峪村的实际耕作面积为1385亩;贫困发生率37.5%。

2014年山西省委统战部部长定点帮扶该村以来,先后经过孙绍骋、廉毅敏、徐广国三任领导,他们一任接着一任干,始终围绕兴产业促脱贫的工作思路,发挥统一战线独特优势,因地制宜做大肉牛养殖传统产业,发展菌菇和黑木耳新兴产业,有效带动车鸣峪村走上了产业发展致富路。到2017年底,全村人均年收入达4800元,实现全村整体脱贫"摘帽"。

主要做法

一、培育特色产业，寻找脱贫致富门路

培育产业、发展产业是农村摆脱贫困走向富裕的根本出路。为了找到适合车鸣峪村发展的特色优势产业，省委统战部原部长孙绍骋、廉毅敏多次带队，深入调研车鸣峪村的资源禀赋、产业基础和生态环境，精准定位产业发展方向和布局。针对该村人均耕地1亩多，而全村"四荒"地多达2620亩的现状，孙绍骋部长从山西农业大学、省科协、省农业厅请来专家，就如何科学利用闲置土地，制定了发展肉牛养殖、牧草种植、饲草发酵一条龙的生态农业产业链，形成了可持续发展的产业方向。借助国家光伏产业扶贫的政策优势，廉毅敏部长推动发展集光伏发电和香菇种植于一体的光伏农业大棚基地建设，棚内种植香菇，棚顶光伏发电，装机容量达100千瓦，年收入12万元，带动车鸣峪村实现了集体经济破零。徐广国部长到任后，高度重视帮扶工作，提出村里当前发展的椴木木耳产量低、技

孙绍骋同志在中阳县车鸣峪村调研

廉毅敏同志在中阳县耕耘合作社调研

术落后，但该村地理条件与黑龙江省东宁市相似，可以与东宁市进行对接，因地制宜发展黑木耳种植产业。之后更是亲自牵线搭桥，推动中阳县与东宁市签订合作协议，帮助联系车鸣峪的木耳种植户到东宁市实地学习、购买菌棒设备、邀请东宁市技术人员来村一对一教学指导，促成东北黑木耳产业在车鸣峪村落地开花、良性发展。今年该村试种的4万只黑木耳菌棒喜获丰收，结出了密密麻麻、色泽黑亮、质地厚实的东北黑木耳。明年将继续扩大种植菌棒200万只，将黑木耳种植发展成为当地的支柱产业，预计每年可给村民带来200万元的收入。车鸣峪村示范种植东北黑木耳，激发了当地群众改变贫困面貌的干劲和决心。同时促成了黑龙江省东宁市与中阳县友好城市战略合作。东宁市市长专门带队到中阳县签订了两个城市友好合作的协议，形成多层次、宽领域、全方位的交流合作格局。

二、解决资金瓶颈，激发群众内生动力

资金、技术和市场是制约产业发展壮大的瓶颈。产业方向确定后，三任省委统战部部长充分发挥统战优势，调动各民主党派、工商联、无党派人士、新社会阶层人士以及海外联谊会力量，有钱出钱，有力出力，开展多方位合作，推动村民持续稳定脱贫致富。统筹省领导专项资金30万元，用于车鸣峪村乾景农牧场帮扶项目建设，组织40户贫困户贷资入股，确保每户年均分红3000元，目前共有52家肉牛养殖贫困户养牛364头；争取专项资金建立光伏香菇大棚10座，带动20户贫困户稳定脱贫；帮助组建了车鸣峪润梓专业合作社，采用"合作社＋贫困户"模式，吸纳贫困户35户，带动户均增收3000元以上。同时，光伏发电可以给被征地村民每户每年带来1000元的征地补偿，连续25年受益，达到了农光互补的良性互动；帮助成立了润梓木耳合作社，采用"3x+4145"的模式，共有175户带资入企，发展壮大黑木耳产业；成功争取到农民培训学校建设项目资金295万元，将于2018年底建成一座高标准面向农民的实用技能培训学校。为提高村民种养殖技术，三任部长先后协调有关部门对车鸣峪村村民开展了电子商务、核桃种植、养牛技术、黑木耳种植和家政服务等职业技能培训；为了打开市场销路，在村里建立了农易通益民易购网站，帮助村民销售菌菇、木耳等农产品，真正为村民带来了财富。几年来，省委统战部三任部长先后给村里协调项目资金共计1120.5万元，协调"送温暖、献爱

徐广国同志在中阳县中铁公司调研

孙绍骋同志在车鸣峪村海联卫生室调研

心"救助款20万元，极大地改善了村容村貌，发展壮大了生态农业产业，增加了农民收入，形成了社会扶贫、专项扶贫、行业扶贫、智力扶贫共同发力的良好局面。该村村民王应枝荣获2017年全省脱贫攻坚奋进奖。

三、凝聚统战力量，拨亮"光彩行动"的灯芯

一是精准包扶全覆盖。三任部长认真落实"双签"责任，坚持一线工作法，强化部领导包村、处室包片、机关干部包户，落实"结穷亲、帮穷户、拔穷根"，实现了党员干部结对包扶全覆盖。

二是开展"山西光彩事业中阳行"活动。孙绍骋部长全力打造"光彩事业"品牌，创新开展"山西光彩事业中阳行"活动，动员广大民营企业扶危济困、回馈社会，活动共达成招商引资项目62个，拟投资总额52.26亿元；集中签约14个协议项目，拟投资总额19.76亿元；69家民营企业和商会组织捐款捐物2783万元；11家商会与11个贫困村结对帮扶；4家企业与中阳县达成了1000余人的就业协议。

三是组织全省统一战线"百千百"工程中阳县消费扶贫暨招商引资活动。2018年，徐广国部长部署在全省开展助力攻坚深度贫困"百千百"工程活动，10月24日—26日全省统一战线"百千百"工程消费扶贫活动在

中阳县中兴广场举行，群众向来自全省11个地市的200余家企业推广自己生产的100多种土特产品。活动期间，签约了5个协议项目，拟投资总额8.7亿元；订购产品签约项目15个，涉及工业类产品、农业类产品、文化类产品，合计金额约3070万元；促成乐村淘等知名度较高的电商企业与中阳县签订网络销售协议，销售中阳产品；签订劳动就业项目13个，达成就业意向2090人。

　　经过四年的不懈奋斗，车鸣峪村取得了明显的变化。一是肉牛养殖稳定增长。引进的西门达尔牛，已生产出栏120头，年收益在10万余元。二是食用菌收益可观。25户培植的野生黑木耳，每户每年收入5000元左右。三是光伏发电运行良好。600千瓦1000平方米的大棚可使包括全部深度贫困户在内的33户村民获益，实现了棚内培植香菇，棚顶模块发电的模式运营，每户每年收益达3000元以上；占用59.17亩土地的10户村民，每年每亩得到了1000元的补偿费用，持续25年获益。四是带资入企模式效果显著。2018年108户贫困户，带资入股，共培育了10万棒的香菇，每户每年

廉毅敏同志在中阳县航电新能源有限公司调研

徐广国同志在中阳县航电新能源有限公司调研

分红1000元，同时给村集体经济每年增收7.5万元的收入。五是村容村貌
有了明显的改观。村里8米宽、1.7公里长的东西两条主干道已经落成通
车。300平方米的老年活动中心、由山西海外联谊会投资的200平方米村级
卫生室已经开张。图书室、邮政所已经开业。六是成功培育了东北黑木
耳。2018年是中阳县巩固提升、全面建设小康社会、贯彻实施乡村振兴战
略的关键一年。经徐部长协调，7月15日东宁市与中阳县结为了"友好县
市"。2018年黑木耳已经成功引进并喜获丰收，实现了家家有增收项目、
人人有脱贫门路的局面。2019年规划制作菌棒200万只，将成为带动全县
农民发展的支柱产业。

启　示

一、因地制宜精准定位是农村摆脱贫困走向富裕的根本途径

车鸣峪村是典型的农业贫困村，历任部长为培育产业、找到适合车鸣
峪村发展的特色优势产业动脑筋、想办法。他们结合车鸣峪村的资源禀

赋、产业基础和生态环境，精准定位产业发展方向和布局，一任接着一任干，实现了种养加一条龙的产业发展模式，这些产业的实施为老百姓带来了实实在在的收入。

二、支部建设是贯彻落实政策，实现脱贫致富的根本保证

历任部长注重培养打造一支能征善战的扶贫队伍，严格采取第一书记、扶贫队员长期坚守梯次轮换的办法，保证了扶贫工作的延续性。要求第一书记在工作中，切实坚持把抓党建作为引领脱贫致富的第一要务，不断提升村"两委"班子建设水平，瞄准脱贫目标，制定工作思路。一是狠抓村党支部建设。扎实推进"一制三化"运行机制，严格实行"四议两公开"的工作方法。2017年村党支部被评为"五个好党支部"。二是狠抓党员队伍建设。在开展好"两学一做"学习教育活动的同时，做好党员星级评创，2018年全村43名党员中，共评十星党员28人，九星以上党员达37人。三是狠抓骨干队伍建设。出台了《党支部议事工作制度》《村民委员会议事工作制度》，对6名班子成员、4名小组长等骨干采取以会代训的方式培训，使他们掌握做好农村工作的政策和依据，及时向村民传达党的声音。学习中央关于农村土地确权、土地流转、成立农民专业合作社的政策文件。现在的班子成员已经率先脱贫，成为脱贫致富奔小康的带头人。

三、三产融合是实现产业兴旺全面打赢脱贫攻坚的关键步骤

经过历任部长的精心帮扶、全体村民的共同努力，车鸣峪村取得了明显的变化。产业发展有了一定的基础，在转移劳动力上，举办了"扶贫先扶志，就业圆梦大型现场招聘会"，邀请山西煜昊源环保科技有限公司、太原市猛虎保安公司等15家用人单位签订协议；积极组织25名妇女参加吕梁山护工培训，实现了就业；还建设了富有民俗风情，展示民间艺术特色的"闹泥山庄"，面积可达3.1平方公里，解决青壮年劳动力35名。在全县采取了"招大引强"的方式，促进"一二三"产业的融合，不仅改善了全县的产业格局，而且为贫困人口实现家门口就业提供了机会。

发挥平遥国际摄影大展文化品牌优势
打造精准扶贫新模式
——省委常委、宣传部部长廉毅敏帮扶武乡县五村纪实

背景导读

　　故县乡五村位于武乡县城以东8公里处，浊漳河北岸，由前沟、小庄、崔家庄、李家坪、白草站等5个自然村组成，全村共有78户226人，其中建档立卡贫困户42户113人。是一个以传统种植业为主的贫困村。

　　五村是省委常委、宣传部部长廉毅敏同志的扶贫工作联系点。廉毅敏同志情系武乡老区，心怀困难群众，多次深入联系点调研。他初到五村时就说："从今天起，我也是一名五村人。咱们一起为五村的脱贫攻坚事业努力奋斗。"在他的指导和帮扶下，五村确立了"党建引领、文化先行、项目带动"的脱贫工作思路，引入平遥国际摄影大展（PIP）优势资源，打造PIP农耕文化综合体，形成多层次、全方位的立体帮扶架构。

　　2017年底，五村42户113人摘掉了贫困帽子，实现了整村脱贫。

主要做法

一、党建引领，筑牢坚强战斗堡垒

脱贫攻坚战以来，廉毅敏同志多次深入五村调研指导，积极引领五村干部群众深入学习贯彻落实习近平总书记关于精准扶贫、精准脱贫的重要指示和省委决策部署，引导大家要把扶贫与扶智、扶志结合起来，充分发挥宣传思想文化工作优势，坚持用太行精神滋养思想、激励行为，激发广大群众内生动力，形成勤劳致富、光荣脱贫的良好导向。

五村始终牢牢把握抓党建促脱贫这条主线，以党建带扶贫、以扶贫促党建。

一是建立支部引领机制，让党支部在脱贫攻坚中的责任实起来。坚持把脱贫攻坚作为党支部的核心任务，充分发挥党支部在脱贫攻坚中的组织引领作用。整合驻村工作队、第一书记、包村干部、村"两委"班子"四支队伍"，明确第一书记和村党支部书记为双队长，全面强化党支部在脱

廉毅敏同志实地调研扶贫爱心超市运营情况

廉毅敏同志在贫困户家中走访慰问

贫攻坚中的政治功能和组织功能；推行"支部＋企业＋贫困户""支部＋合作社＋贫困户"脱贫模式，让支部成为引领脱贫攻坚的"火车头"。目前，五村已建成以支部引领脱贫的示范基地翔宇养殖有限公司、禾田旅游开发公司，带动扶持全村42户贫困户发展养殖业和旅游业。

二是建立党员带动机制，让党员在脱贫攻坚中的先锋形象立起来。坚持把党员带动作为群众脱贫致富的典型示范，让党员先锋模范作用在脱贫攻坚中看得见、摸得着。开展"党员结对帮扶"行动，组织有帮带能力的党员，每人至少结对帮扶一户贫困户，采取提供种苗、传授技术、土地流转、帮助销售等方式，建立"党员大户＋贫困户"的帮扶机制；开展"党员创业带富"行动，从创业培训、扶持政策、技术信息等方面予以支持，鼓励每名有劳动能力的党员都有脱贫致富项目，成为脱贫致富带头人；开展"爱村日"行动，充分利用每周五打扫卫生的"爱村日"，进而将打扫卫生拓展到参加义务劳动，每逢周五，全体村民在党员的带领下，义务参加劳动，改变村容村貌，助力脱贫攻坚。

三是建立干部攻关机制，让干部在脱贫攻坚中的"尖兵"作用强起来。越是难啃的"硬骨头"，越是要把能干的党员干部推上前线，不脱贫就不收兵。村"两委"包组，对各村民小组贫困户存在困难和问题，深入分析，总结规律，制定计划，实打实帮扶，确保如期脱贫；党员干部联户，全村4名村"两委"干部与42户贫困户结成包联对子，实现贫困户包联全覆盖。

四是建立人才服务机制，让人才在脱贫攻坚中的服务优起来。搭建技能培训平台，依托各级培训机构，实施"领头雁""产业增收""劳务技能""农村工匠""农业电子商务""生态农业旅游"培训工程，提升贫困户致富增收的能力，全村培训600多人次；搭建专家智库平台，将平遥国际摄影大展形成的文化品牌与五村工作结合起来，不断提升党员干部的文化艺术修养，组织全国各地的艺术家到五村与党员干部座谈，先后为五村现代农业、乡村旅游发展，把脉会诊，破解瓶颈，技术指导，为脱贫攻坚聚智聚力。

2017年6月3日，张春贤同志在山西就基层党建工作进行调研，对五村加强党建、创新思路、因地制宜发展旅游产业和特色农业，科学谋划、统筹推动乡村原址开发，全面推动脱贫攻坚等工作给予了充分肯定。

二、文化先行，激发群众内生动力

廉毅敏同志多次对帮扶干部说："文化是根、文化是魂，从文化层面解决贫困地区群众思想观念问题，对于打赢脱贫攻坚战具有重要意义。脱贫攻坚，文化必须先行；全面小康，文化绝不能'掉队'。"在廉毅敏同志的直接指导下，五村围绕培育和践行社会主义核心价值观，积极开展脱贫攻坚文化先行的实践。

一是统筹规划，加强文化阵地建设。以村级文化活动室建设为重点，以共建共享为目的，加大文化阵地建设，开展特色文化活动，创作农村精品文化，丰富群众文化精神生活；将农家书屋建设与脱贫攻坚结合起来，作为农村公共文化服务体系建设的重中之重，使全村公共文化服务体系得到进一步完善；定期开展脱贫攻坚"小夜校"讲座，村"两委"班子成员

和农业技术专家、致富能人轮番登上讲台，讲清了脱贫攻坚要义，讲透了脱贫攻坚政策，讲活了农业生产技术，真正激发起了广大干部群众的内生动力。

二是整合资源，培育打造文化品牌。五村连续举办了两届"播种节"，吸引各地游客2800多人次，扩大了对外知名度，利用播种节的平台五村还成立了禾田境界救助基金，得到了社会爱心人士捐助的3万多元爱心款，资助陷入困境的村民；与北京电影学院、山西农大远景学院、晋中学院等签订了摄影采风合作协议，7户贫困户接待大学生近200人，户均增收1000多元；五村还与山西农业大学携手种植山楂树，创建了以"山楂树之恋"为主题的教学实验基地，山西农大学生每年来五村进行社会实践。

三是着眼长效，搭建文化富民平台。要想口袋富，必先脑袋富。廉毅敏同志多次指示，要把平遥国际摄影大展的优势资源引入到五村的建设中，打造"PIP农耕文化综合体"。为此五村拉开了融循环农业、创意农业、农事体验于其中，集文化旅游、餐饮住宿、休闲度假、生态养生、水果采摘为一体的"PIP农耕文化综合体"建设，让农民充分参与和受益，赋予农民自主"造血"的功能。在旧村小庄村打造全国艺术院校学生摄影、采风、写生、培训基地，新建小米创意文化基地；在旧村前沟村打造艺术家驻地和特色民宿；在浊漳河畔打造禾田小镇，新建游客接待中心和多功能大厅。

文化阵地的加强、"小夜校"的创办不仅给五村人提供了文化活动场所，同时也让五村群众在文化熏陶中学习、在学习中汲取足够的养分，增强了他们脱贫致富的本领；"播种节"和"PIP农耕文化综合体"的品牌塑造，在扩大五村知名度的同时，引来了源源不断的客流，为五村发展乡村旅游奠定了坚实基础，让五村群众尝到了文化富民的甜头，看到了脱贫致富奔小康的希望。在品牌的有力带动下，五村人的信心更足了、干劲更大了。

三、项目带动，夯实持续发展支撑

产业是脱贫的根本保障，是发展的重要支撑。在调研中，廉毅敏同志多次强调，脱贫要以项目带动，发展要靠产业支撑。为此，五村紧紧抓住项目建设这个"牛鼻子"，一以贯之，持续发力。

一是内挖潜力鼓腰包。2016年五村村委会注册成立了武乡县翔宇养殖有限公司，该公司与大象公司合作，采用"公司＋贫困户"的合作模式运营，2017年底，第一批700头生猪出栏，每户分红700元。今年"五一"期间，第二批700头生猪也已出栏。目前，新建的另一个养猪场基本完

小庄村摄影培训基地

工，预计每年每户贫困户至少增收3000元。与此同时，五村新建100亩的水果采摘园区，共栽植苹果、梨、桃、杏、山楂、樱桃等水果树3000余株，两年后就将进入盛果期。采摘园共流转

新建股份制养猪场

农户土地50亩，其中贫困户32亩，非贫困户18亩。

二是依托外力拓新路。以省委常委1000万扶贫专项资金为基础，积极引进禾田旅游开发公司，全力推进"PIP农耕文化综合体"建设。重点规划开发小庄旧村、建设农耕文化体验基地和培训中心，恢复改造旧窑洞42孔，建设粮食加工体验馆和农业展览馆共420平方米，建设摄影艺术中心1250平方米，搭建神农祭祀台，占地面积2400平方米，建设民俗艺术家创作基地及农耕文化体验基地共2800平方米；在前沟旧村建设乡村民俗基地3000平方米；在宏艺新村建设集装箱单体式禾田康养小镇，绿化、美化河滩荒地64亩。目前部分项目已开工建设。

与此同时，禾田旅游开发公司两年认购贫困户有机小米180亩，公司负责加工包装、对外销售，每亩纯收入达1300多元；公司共流转农户土地30亩，其中贫困户土地24亩，非贫困户土地6亩，每亩年流转费500元，全部种植油葵，农民既可得到土地流转收入、还可获取公司打工收入，实现村民"双向"增收。

三是巧妙布局谋长远。在脱贫攻坚的实践中，五村内部挖潜、外引资金，逐步形成"公司＋基金会"的格局，公司即禾田旅游开发公司和翔宇养殖有限公司，基金会即禾田境界救助基金和山西省晋商文化基金会，通

过公司以市场化的方式积极吸纳农户参与，基金会的作用主要在于帮扶困难农户减轻他们的经济压力。

脱贫攻坚以来，五村全面落实教育扶贫、健康扶贫、政策兜底等帮扶措施，积极发展"一户一项"产业，实施产业扶贫，确保贫困户持续增收、稳定脱贫，一是"一户一项"奖补支持，精准落实人均1000元、户均不超5000元的产业项目帮扶资金，36户贫困户通过落实购买农机具、养牛、养羊等产业实现增收脱贫；二是金融扶贫帮扶，18户享受金融小额信贷扶持，每户5万元入股企业，每年分红4000元；三是政策兜底，19户30人享受农村低保，2户2人享受农村五保；四是教育扶贫，19名在校学生享受教育扶持。

启　示

在廉毅敏同志的亲切关怀指导下，在省委宣传部及驻村工作队的真情帮扶下，五村脱贫攻坚工作取得了阶段性成效，面貌发生了翻天覆地的变化。五村抓党建促脱贫、抓扶志激脱贫、抓产业稳脱贫的扶贫实践给了我们有益的启示。

一、必须坚持和加强党的领导

践行习近平总书记关于扶贫攻坚的重要论述，就要始终坚持和加强党的领导，坚持党建引领，坚持支部建在村上，为脱贫攻坚提供坚强组织保障。五村脱贫攻坚能够取得优异的成绩，源于他们构建起了一个坚强的党支部，从而强化了党的核心领导地位，切实肩负起了党在基层、在农村的全面领导职责，在脱贫攻坚战中，发挥了党组织的组织优势、组织功能、组织力量，动员和带领群众打赢了脱贫攻坚战。

二、必须高度重视和发挥文化的作用

习近平总书记指出："文化自信是更基础、更广泛、更深厚的自信，是更基本、更深沉、更持久的力量。"在脱贫攻坚中，五村坚持文化先行，坚持扶贫同扶志扶智相结合，以传承传统农耕文化为切入点，以弘扬

五村发展全貌

太行精神为着力点，办夜校授技能，创品牌铸精品，全面激发贫困群众的内生动力，使"靠着墙根晒太阳，等着政府摘穷帽"的观念得到根本扭转，"我要脱贫、脱贫光荣"成为全体村民的共识，有力地助推力了脱贫攻坚战的顺利推进。

三、必须因地制宜发展特色产业

习近平总书记指出："发展产业是实现脱贫的根本之策，要因地制宜，把培育产业作为推动脱贫攻坚的根本出路。"面对浓郁的传统农耕文化和贫困群众的现实，面对发展旅游产业的良好机遇，五村一改之前大水漫灌的扶贫工作思路和方式，自始至终坚持把发展乡村旅游作为一项战略性产业来培育，引进了禾田公司，对旧村进行了保护性开发建设，用旅游开发带动产业扶贫，在保护中开发、在开发中保护，全力打造集吃、住、行、游、购、娱于一体的乡村旅游产业，依托大旅游带动贫困群众大脱贫，通过"艺术＋乡村"的结合，推动了乡村旅游业的发展；通过PIP和农耕文化的结合，延伸出一系列的文创项目，增加了农户的收入，实现了全村群众的稳定脱贫。

党建夯基促脱贫　组织引领奔小康

—— 省委常委、政法委书记商黎光帮扶阳高县正峰涧村纪实

背景导读

　　正峰涧村位于全国长寿之乡——山西省阳高县西南部。2014年，全村共有225户552人，其中建档立卡贫困户94户208人，贫困发生率高达37.7%。该村拥有耕地3176亩，长期以来一直靠种田为主，直到2014年全村农民人均可支配收入仅有3700元。2017年，省委常委、政法委书记商黎光帮扶该村。在帮扶过程中，商黎光同志深入践行习近平总书记"帮钱帮物，不如帮建个好支部"的重要论述和省委加强"三基建设"的部署要求，着力夯实党建根基建强基层堡垒，强化组织引领促进群众脱贫致富，通过三年不懈努力2018年全村一举实现"户脱贫、村退出"目标，村集体收入达到15.5万元，贫困人口人均可支配收入达到12318元。该村先后获得大同市劳动模范单位、大同市美丽宜居示范村等荣誉称号。

商黎光同志与村民交谈，了解老百姓对党和国家扶贫政策的满意度

主要做法

一、助力支部建强基层组织，着力打造脱贫攻坚"新堡垒"

村子富不富，全靠党支部。商黎光同志帮扶联系正峰涧村后，把帮扶的切入点首先聚焦在建强村级党组织、发挥党支部战斗堡垒和先锋模范作用上。"一定要配好党支部，选好村支书，没个好当家的，缺了主心骨，村子就会陷入瘫痪。"商黎光同志语重心长的教诲，村"两委"干部至今记忆犹新。在商黎光同志的指导帮助下，正峰涧村党支部在阵地建设、班子提升、制度落实、作用发挥上进行了全方位的强化，"三基"水平得到显著提升。党支部紧扣增收致富、摆脱贫困目标，发挥好组织优势全力搭建两大平台。一是打造"协作共富"的平台。党支部动员帮助成立了仁和种植专业合作社，吸收60户贫困户入社，同时购置农机具14台，免费为贫困户提供耕种服务，承揽外村农民耕种服务，全村农户年收益12万元。贫困户屈某某入社后，自家地里忙时有合作社统筹劳力帮工，自己闲时还能参与村里的环境提升工程赚钱，收入实现了翻番。二是打造"联村发展"的平台。党支部牵头帮助成立正峰苗木专业合作社，吸收本村94户贫困户及周边东李家皂、北唐窑等6个贫困村的233户贫困户入社，打造扶贫产业发展联合体。入社贫困户通过流转土地、进圃务工、销苗分红等多种途径人均增收1923元，村集体依托正峰苗木合作社两年收入18万元。

二、助力支部带动发展产业，着力拓宽增收致富"新路子"

产业扶贫是脱贫攻坚的治本之策。商黎光同志帮扶正峰涧村以来，多次提出脱贫攻坚成果能否得到巩固，产业发展是根本。要求村"两委"加强产业扶贫指导，打造一批特色致富项目，确保贫困人口长期稳定受益。不仅如此，商黎光同志还为正峰涧村产业发展把脉支着，提出很多具体的意见建议，并多方争取资金帮助产业发展，在商黎光同志的帮助指导下，村党支部组织带领群众大力发展特色产业，确立了三项扶贫主导产业，带领贫困群众"拔穷根"。一是打造小杂粮基地。充分利用地处大同火山群周边的富硒土壤优势，推广旱作农业技术，实行种子革命，集中连片发展

商黎光同志调研农业基础设施建设情况

商黎光同志走访看望贫困户

小杂粮2000亩，亩增收300元，惠及76户贫困户。二是发展蔬菜"车间"。立足阳高设施蔬菜产业基础，实施"户均一栋棚"产业扶贫行动，投资147万元为60户贫困户每户新建移动大棚1座，2018年平均每座大棚增收2800元。三是建设育苗工厂。落实省委"在一个战场打赢两场战役"的要求，抢抓生态治理林果苗木需求旺盛的机遇，用好30万元专项帮扶资金，并统筹产业扶贫精准到村到户项目资金457.9万元，建起了350亩林木育苗基地，带动正峰涧等7个贫困村327户贫困户每户分红500元。

三、助力支部改善基础条件，着力提升生产生活"新面貌"

商黎光同志通过深入调研发现，正峰涧村不仅"穷"在经济滞后上，更"困"在基础薄弱上，要求村里"抓紧抓实易地扶贫搬迁和危房改造工作，想方设法补齐生产条件差、公共服务设施落后等历史欠账，改善落后面貌"，并给予了大力帮助支持。三年来村"两委"落实要求，用好资金，实现了条件改善、面貌改观。一是着力改善生产条件，投入农业综合开发高标准农田建设项目资金616万元，新打机井12眼，新增灌溉面积2400亩，一举改变了靠天吃饭的局面。二是着力改善人居条件，实施易地扶贫搬迁工程、危房改造工程，全村112户235人告别了土窑洞、土坯房，实现了危房"清零"。易地搬迁安置房坚持实用够用耐用，保持门脸窑洞形状，保留晋北传统民居特色，既结实安全，又留住了乡亲乡愁。三是着力改善村容村貌，实施乡村提质工程，打造省级美丽宜居示范村，共硬化绿化街巷7.5公里，安装太阳能路灯106盏，整修墙体6000余平方米，配套给排水4000米，建成文化广场、戏台、村级综合服务中心、幼儿园、公共浴室、卫生室各一处，大力清理"四堆"，腾退复垦闲置院落，村容村貌焕然一新，群众精神面貌显著改观。四是着力改善安全环境，针对正峰涧村安防设施相对落后的问题，从机关办公经费中挤出5万余元，全部投入到村治安防控"技防"设施建设中，为正峰涧村安装视频监控探头16个，并入王官屯镇安防信息系统，全村安防水平和村民安全感明显提升。

四、助力支部扶志扶智扶德，着力激发摆脱贫困内生"新动力"

2018年6月12日，商黎光同志来到正峰涧村，就径直走到贫困户老杨

购置的14台农机具，助力产业发展

正峰涧村移民搬迁安置房

家。老杨家因妻子患病致贫。商黎光同志拉着老杨的手拉起了家常,鼓励他增强战胜困难的勇气,活出精气神儿来。今年老杨干劲儿大增,经过勤奋努力,经营的3座蔬菜大棚喜获丰收,一家3口人均收入达到2.5万元,一举摘掉贫困"帽子"。商黎光同志只要一到正峰涧村开展帮扶都要进行这样的入户走访,要求县、乡、村三级干部"细化政策兜底和社会保障工作,千方百计激发群众脱贫致富的内生动力,确保中央和省委的各项工作部署落地落实"。在省领导的帮助下,正峰涧村办起了农民夜校,安装了"大喇叭",定期组织文化活动,两年时间免费培训群众420人次,把社会主义核心价值观、党的惠农政策、农业适用技术传送到每家每户,让自主脱贫劲头更足、氛围更浓、办法更多,全村6户因好吃懒做致贫的贫困户走上了靠自己奋斗脱贫的康庄大道。

启 示

一、实现脱贫增收,关键在于建强村级组织发挥引领作用

多年来,正峰涧村村级组织软弱涣散,集体经济捉襟见肘,无人管事、无钱办事的问题比较突出。商黎光同志多次赴正峰涧村调研指导工作,促进村党支部战斗堡垒作用、党员先锋模范作用有效发挥,引领脱贫

正峰涧育苗基地

攻坚力量明显增强。比如，发展蔬菜大棚伊始，大伙都认为有奔头，但又没有栽培技术担心有风险，村党支部牵头建起了合作社，带领群众抱团发展，不仅增加了群众收入，更坚定了群众听党话、跟党走的信心。正峰涧村的实践证明，牢树"抓好党建促脱贫、检验党建看脱贫"的理念，才能真正紧握引领脱贫的"金钥匙"，使基层党建与精准扶贫深度融合，将基层组织资源转化为发展资源，把基层组织优势转化为发展优势。

二、实现脱贫增收，关键在于带动群众发展稳定增收产业

正峰涧村实施小杂粮、设施蔬菜、林果育苗三项产业，既从当地产业基础、立地条件出发，又是瞄准市场需求的选择，使贫困人口长效脱贫与农村经济长远发展有机结合起来。正峰涧村的实践证明，单打独斗形不成产业、形不成规模，必须要靠基层组织的发动和引领，把群众组织起来，发展特色化产业，规模搞产业，协同降成本，抱团闯市场，一体增效益。

三、实现脱贫增收，关键在于激发调动贫困群众内生动力

习近平总书记指出："脱贫攻坚贵在扶志扶智。"正峰涧村通过开办农民夜校，实施"大喇叭"工程以及干部入户深入开展思想政治宣传工作，不仅使贫困群众掌握一技之长，增强了致富本领，而且坚定了贫困户的奋斗精神和发展愿望，帮助他们克服了"等、靠、要"的思想。正峰涧村的实践启示我们，脱贫攻坚不是扶贫干部的"独角戏"，必须采取有效方法把群众动员起来，激发他们自力更生、艰苦奋斗，发挥他们的主动性、积极性和创造性，唱响帮扶与被帮扶的"二人台"，才能如期消灭贫困。

真心帮扶　情暖山村
——省委常委、秘书长胡玉亭帮扶宁武县石湖河村纪实

背景导读

石湖河村地处忻州市宁武县阳方口镇南部，距阳方口镇区7公里，距县城6公里，紧邻205省道，距灵河高速出口300米，属于城乡接合部。该村总占地面积6660亩，村内多山川河谷，拥有林地200亩，可用耕地1029亩，其中旱地400亩，水浇地458亩，其他土地171亩。村民以务农和外出务工为主要收入来源，务农种植以蔬菜、小杂粮为主，外出务工以周边厂矿等用人单位为主。全村经济发展缓慢，整村脱贫是广大村民长期以来梦寐以求的大事。

2014年石湖河村确定为建档立卡贫困村。全村户籍人口115户268人，建档立卡贫困户24户42人，贫困发生率15.67%，比全省平均水平高出近12个百分点，比全市平均水平高出近4个百分点，脱贫任务十分艰巨。

石湖河村是山西省委常委、秘书长胡玉亭定点帮扶村，该村贫困户冀存柱、王银娃与胡玉亭秘书长结成帮扶对子，进行一对一结对帮扶。在脱贫帮扶工作中，胡玉亭同志紧紧围绕定点帮扶工作的各项要求，以推动帮

胡玉亭同志在宁武移民扶贫产业园茶叶制售中心调研

扶村经济发展为主题，以增加贫困群众收入为主线，瞄准帮扶村最现实的问题，组织制定脱贫规划，全力争取项目资金，时时关注项目落实进展情况，帮扶最困难的百姓，办好群众最急需的事情，扎扎实实为帮扶村做了许多实事好事。

在胡玉亭同志的带领下，石湖河村村容村貌发生了翻天覆地的变化，贫困群众的生产生活水平明显提升，农民人均可支配收入由2016年的4558元增加到2017年的5597元。2018年已实现21户39人脱贫，村集体经济收入大幅提高。

主要做法

一、动真情，暖人心

胡玉亭同志在百忙之中，深入定点帮扶贫困户家中开展走访慰问。在贫困户王某某家，胡玉亭同志搬起了小板凳，坐到王某某身边，与他和家人一起唠家常，详细了解了他们家的生产生活、经济收入和家庭成员状况，当得知王某某因为缺乏技术导致贫困，胡玉亭同志嘱咐他："在打零工时要做一行精一行，主动掌握劳动技能，将种树、装潢等工作转化为自身优势，从普通小工逐步变成技工，积极拓宽增收渠道。同时要加强自我保护，作为家庭的顶梁柱，更要注意健康安全。"在临出门前，胡玉亭同志自己掏钱，给予王某某一千元慰问金。他对困难群众的关爱就如同家人的关怀，拉近了党和人民群众的密切联系。

二、细过问，真调研

带着对贫困群众的关心和牵挂，胡玉亭同志不顾舟车劳顿，第一时间进村入户，开展调研。在村调研期间，他详细询问了安全饮水、户厕改造等与百姓生活息息相关的问题。当他听到县、乡两级政府已经专门针对石湖河村饮水安全问题实施了专项工程后，他舀起了百姓家水瓮中的自来水，查看水质并亲口尝试。看到村内环境卫生得到改善时，他当即表示，习近平总书记始终最牵挂的是困难群众，我们党始终把为群众解决生活的实际困难当作要务来抓，我们要始终坚持做老百姓能看得见、摸得着、用

胡玉亭同志在宁武移民扶贫产业园电子商务服务中心调研

胡玉亭同志走访慰问贫困户

得上的好事实事，群众迫切需要什么，我们就做什么，把习近平总书记对困难群众的关怀和在山西调研时的嘱托贯彻下去。

在讨论到整村发展时，胡玉亭同志与当地干部群众进行广泛探讨和深入交流。他强调，要充分发挥好独特的区位优势，因地制宜，坚持绿色发展观念，把产业发展与绿色发展统一起来，把发展壮大村集体经济与带动贫困户增收统一起来，把村容村貌治理与村风民风转变统一起来，凝聚各方力量，走一条绿色生态脱贫之路。

三、夯基础，换新颜

在充分开展前期调研后，胡玉亭同志积极协调省农科院为该村制定整村发展规划，在与地方干部群众开展座谈、深入探讨、认真论证后，确定了生态产业发展的战略定位。在胡玉亭同志的真情帮扶和时刻关注下，村委依托该村省级创卫村、市级园林村的优势，准备在村里新建10个食用菌大棚。目前，用于建设大棚的省级配套资金30万元已经到位，大棚建设工作已进入实施阶段。此外，投资40余万元，新建了870米的柏油村道，已投入使用，有效解决了群众"行路难"的问题；修缮了村级组织活动场所、提升改造了农村书屋、建成了宁武县文化图书馆石湖河分馆，均已投入使用；新建了村级文化墙、绿化了村内街道、改造了下水管道，切实改变了原来脏乱差的状况，方便了群众生产生活，现在的石湖河村展现出一副生机勃勃的发展景象。

四、强党建，聚合力

调研期间，胡玉亭同志多次嘱咐村"两委"干部要以"党建＋扶贫"为工作思路，坚持高标杆定位，高标准落实，通过抓班子、带队伍、强堡垒，借助多种党建活动载体，凝聚发展合力，积极组织村干部深入农户家中，耐心宣讲习近平新时代中国特色社会主义思想和党的十九大精神，讲清扶贫政策，理顺干群关系，带动群众增收致富的主动性和积极性。通过不懈努力，群众逐渐对村"两委"班子有了理解、信任和支持，村"两委"班子新形象日渐形成，整体战斗力明显增强。

启 示

一、合力帮扶是保障

胡玉亭同志高度关注扶贫帮扶队伍的建设和帮扶作用的发挥。他两次

村级光伏扶贫项目助力脱贫

召开专题会，就中直、省、市、县派驻贫困村的包村领导、工作队、农村第一书记以及结对帮扶党员干部如何更好发挥作用，把帮扶工作体现在实际成效上进行研究并提出具体要求。

村级文化墙倡导文明新风

驻石湖河村扶贫干部认真落实胡玉亭同志的具体要求，把思想认识进一步统一到习近平总书记关于脱贫攻坚的重要论述上，统一到中央、省委脱贫攻坚的决策部署上，信心更加坚定，职责更加明确，重心更加聚焦。他们紧紧依靠所在单位党组织的支持，充分发挥部门优势和自身知识丰富、政策熟悉、视野开阔、联系广泛等各方面条件，采取"请进来""走出去"相结合的办法，着力在解放思想、宣传政策、协调项目和资源上下功夫，与乡村干部熟悉农村工作、擅于推动落实形成优势互补，凝聚起帮扶工作的强大合力。在真抓实干中增进了群众感情，赢得了群众信任，激发了内生动力，驻村扶贫干部的作用得到了最大程度地发挥。

二、规划引领是关键

胡玉亭同志以"朝受命、夕饮冰，昼无为、夜难寐"的工作作风，始终把石湖河村村民当作自己亲人来关心帮扶。通过走访、慰问、座谈等一系列活动，将帮扶的真情深深融入村民与村集体当中。带着这份深厚的感情，深入实地考察、制定帮扶规划、落实帮扶措施。特别是2018年以来，胡玉亭同志两次到该村实地调研并委托省委办公厅同志多次了解村情民意，对该村脱贫攻坚工作中存在的困难和问题问诊把脉、科学论证，确定了石湖河村实施生态产业发展的战略规划。提出一系列生态产业链发展模式，有力地推动了民生改善、基础建设和产业培育。不仅为该村带来了物质财富、更为广大群众带来了宝贵的精神财富。

三、产业帮扶是重点

因地制宜，突出发展区域特色主导产业、帮助群众建立长效稳定的增收来源，是帮扶工作的重中之重。从石湖河村的发展来看，在帮扶工作中根据村情实际，促进规模种植、推动光伏扶贫、加大劳动力培训输出等工作，不但推进了土地的有序流转，而且转移了大量的农村劳动力，同时还就地安置了部分"农民工人"。使农民不仅依靠产业增收，而且还可以靠劳务输出及劳动力就地转移挣钱，达到提升技能、增收致富的目的。

四、可持续发展是目标

在胡玉亭同志的真情帮扶下，石湖河村始终坚持基础设施、社会事业与产业扶持并重、救济式扶贫与开发式扶贫并举，修建基础设施、整村提升、扶危济困，推动了石湖河村的经济社会全面发展。一系列惠及民生的公共基础设施的改善，方便了群众的生产生活、改善了村民的人居环境、拓宽了村民的增收渠道、推动了产业的可持续发展，大大地提升了人民群众的获得感、幸福感，使石湖河村的发展走上了全面、协调、可持续发展的轨道。

翻修一新的进村路

强化党建引领 实现脱贫"摘帽"

——省委常委、组织部部长曲孝丽帮扶繁峙县农发村纪实

背景导读

　　金山铺乡农发村地处繁峙县中部腹地，距县城35公里，距五台山50多公里，紧邻108国道，距灵河高速出口300米，地理位置优越，交通方

曲孝丽同志在农发村村与群众亲切交谈

曲孝丽同志与村民代表座谈

便。全村共有417户1184人，耕地1098亩，人均耕地0.92亩。农业生产以玉米种植为主，少量种植谷子、土豆、向日葵等，村民普遍有养殖牲畜的传统。该村是20世纪末由省农发行资助，集中搬迁当时神堂堡乡、庄旺乡24个山村建设的移民新村。因人多地少，又少产业、缺技术，虽是新村，但仍然没有摆脱贫困，全村贫困人口138户412人，贫困发生率34.8%，脱贫担子较重。2017年，该村人均可支配收入约5300元，2018年底实现整村退出。

在曲孝丽同志的帮扶下，农发村党支部充分发挥村级党组织在脱贫攻坚中的政治功能和组织功能，持续激发群众内生动力，全面推进整村提升工程，大力发展致富产业项目，实现了集体大幅增收、群众脱贫致富、村容村貌彻底改观。村集体通过木耳种植和村级光伏电站，2018年集体经济收入可达37万元。肉牛养殖已成为全村脱贫支柱产业，达到1250头，贫困养殖户户均增收2万元，手工业就业户户均增收4000元，外出务工户户均收入28500元。2018年该村人均纯收入逾万元。

主要做法

2018年2月，按照省委统一安排，时任副省长曲孝丽同志联系忻州市繁峙县，帮扶该县金山铺乡的农发村。曲孝丽同志先后三次深入繁峙县就脱贫攻坚、干部帮扶、健康扶贫等情况进行调研摸底，深入到金山铺乡农发村走访慰问贫困户宫某某、韩某某，并与县、乡、村三级干部座谈，把脱贫攻坚作为最重大、最核心的政治任务和"头号民生工程"，因地制宜，完善制订了农发村脱贫计划。她要求并带领扶贫工作队以"绣花"功夫精准把脉、精准施策，扎扎实实为帮扶村做了一些实事、好事。

她提出要充分发挥农发村基层党组织的凝聚力、影响力、战斗力，用基层党组织的引领作用，激发群众的内生动力，助力贫困群众发展脱贫产业，摘掉"贫困帽子"，走出了一条以党建促脱贫的新路子。

一、党建引领，打造脱贫攻坚生力军

曲孝丽同志帮扶从党建抓起，要求村"两委"班子认真学习贯彻习近

曲孝丽同志走访慰问贫困户

平新时代中国特色社会主义思想和党的十九大精神，把习近平总书记视察山西重要讲话精神作为根本遵循，以党建为龙头，抓好支部标准化、规范化建设，通过抓班子、带队伍、促脱贫。帮助该村建成了高标准的村级组织活动场所，添置了图书和健身器材，成为党组织服务群众、凝聚群众的重要场所，是村里人气最旺的地方。该村创造性开展了支部主题党日、党员先锋行实践日和支部评优、党员评先为基本形式的"双日双评"活动，活动内容为"6+X"，规范了基层党内政治生活，增强了农村党员的归属感。曲孝丽同志认真听取村"两委"汇报，充分肯定了这种切合实际的做法。她要求压实责任，把脱贫攻坚任务细化到包村干部、驻村工作队伍、第一书记、农村党员干部队伍四支帮扶力量头上。

二、龙头带动，培植稳定脱贫好产业

曲孝丽同志在与乡、村干群开展座谈、广泛探讨、深入论证后，确定了立足当地、发展特色产业的战略定位。按照"一村一业、一户一策"的思路，探索"支部+龙头企业+合作社"模式，村支部把党小组建到产业链上，建到合作社中，打造产业发展的"动车组"，覆盖了天河牧业、隆祥箱包加工、乐村淘电商3家扶贫龙头企业和喜亮、星旭、喜梅3个种养专业合作社。农发村打造成了肉牛养殖"一村一品"村、箱包加工特色村。"家有两牛、致富不愁。"全村养牛1250头，人均1头，贫困户户均2头牛。村里114名妇女，贫困妇女78名经培训进入村内手工业扶贫车间，在家门口就能就业赚钱，实现了家计生计两不误。还有20户贫困户从事无公害黑木耳种植，10户特殊贫困户实施光伏保障。

三、整村提升，实现乡村振兴大发展

在讨论到整村发展时，曲孝丽同志与当地干部群众进行广泛探讨和深入交流，积极协调省卫计委为该村制定整村发展规划，实施整村提升，强力组织实施。目前已完成投资796万元，"四通""四化""三改""三提升"任务基本完成，打造特色新农村，实现乡村振兴。积极推进健康扶贫，曲孝丽同志督促省卫计委发挥自身优势，帮扶建成200平方米高标准卫生室一所，有效解决了群众看病难的问题。联系省残联为残障村

扶贫项目——木耳加工基地

民送去轮椅、助听器等残辅用具，还建成了老年日间照料中心、文化活动室、小型超市，12名老年人住进日间照料中心。

四、鼓劲励志，激发群众自身强动力

曲孝丽同志在与乡、村两级干部座谈时提出，希望通过加强教育引导，采取扶志、扶智、扶德等多种方式，教育引导贫困群众提高责任意识和参与意识，激发群众决胜脱贫攻坚的内生动力和发展信心。

在曲孝丽同志的鼓励下，农发村党支部开办了"新时代农民讲习所"，重点围绕习近平总书记关于扶贫工作的重要论述和党的十九大精神，通过讲理念、讲政策、讲技术、讲经验、讲道德、讲故事，引导干部群众聚神聚力开展脱贫攻坚。结合大喇叭宣讲、现场培训、田间课堂、专家授课等形式，开展讲习3期，受教育干部群众150余人次。加强典型示范的作用，农发村党支部组织开展最美儿媳、勤劳创业户、养牛能手、公益标兵、致富能手5类典型评选活动，共评出14人，实现榜样示范，提振精神的目标。

启　示

一、脱贫攻坚必须加强党的基层组织建设

农村基层党组织，是党在农村全部工作和战斗力的基础。只有强基础、优建制，才能真正发挥基层党组织战斗堡垒作用，把党的凝聚力、影响力、战斗力发挥好。农发村选好带头人，建强支部班子，强化"三基建设"，壮大集体产业，走出了一条以党建促脱贫的新路子。实践证明，扎扎实实把基层支部建设好，才能原原本本把党的脱贫攻坚政策落实好；基层组织带领大伙苦干实干，就能唤起老百姓脱贫致富的心气和干劲。基层党组织增强联系群众、服务群众、凝聚群众、造福群众的功能，贫困群众脱贫致富就有了主心骨和领路人。

二、脱贫攻坚必须实现产业全覆盖

农发村打造肉牛养殖"一村一品"村，打造箱包加工的特色村，成为现代农村"牛郎织女"的产业新样板。全村紧紧围绕"肉牛养殖"战略定位，明确产业脱贫任务清单、路线图和时间表，走出了一条符合实际、具有特色的产业脱贫新路子。群众的顺口溜"家有两牛、致富不愁"很能说明问题。授人以鱼不如授人以渔。扶贫要从"输血"转向"造血"，这其中产业扶贫是关键和核心，而发展产业也是实现脱贫的根本之策。

扶贫车间——箱包加工厂

农发村基础建设大为改善

三、脱贫攻坚必须强化帮扶力量

绣出一幅好作品，少不了久久为功的韧劲。卫计委精准选派的工作队和第一书记，作风扎实过硬，办事雷厉风行，下得去、融得进、干得好，贫困村不出列、单位帮扶责任不脱钩，农发村第一书记、省卫计委范先红同志用心、用情、用力帮扶，群众联名挽留。把干部优势资源充实到脱贫攻坚的第一线，有利于更好地落实扶贫开发战略和强农、惠农政策，把先进的发展思路、有效的发展措施和更多的产业项目带到贫困村，有利于推进基层党建全面进步、全面过硬，加快精准扶贫、精准脱贫步伐。

四、脱贫攻坚必须激发群众内生动力

农发村加强教育引导、加强典型示范、加强制度约束，开展最美儿媳、勤劳创业户、养牛能手、公益标兵、致富能手5类典型评选活动等一系列的做法，在调动群众脱贫积极性方面行之有效。全面决胜脱贫攻坚战，不仅仅让贫困群众得到扶贫政策支持，关键还要转变其思想观念，增强其发展能力，激发其内生动力。扶贫工作既要惠民政策和帮扶措施等引擎大力助推，还要与扶志、扶智相结合，找准激发贫困群众内生动力的着力点，真正斩掉"穷根"。

带好脱贫路　当好答卷人

——省人大常委会党组书记、副主任郭迎光帮扶五台县

下红表村纪实

背景导读

五台县位于山西省东北部，与河北平山、阜平两县相连，国土面积2865平方公里，人口31.41万人，辖5镇11乡和驼梁景区，495个行政村，山地丘陵面积占到国土面积的近90%，白求恩纪念馆、徐向前元帅故居、八路军总部旧址等红色景点、革命遗迹遍布全县，是国家新阶段扶贫开发重点县、燕山—太行山集中连片特困县，也是全省36个国定贫困县之一。阳白乡下红表村位于五台县西北部山区，全村户籍人口198户471人，总面积5700亩，耕地1728亩。由于交通不便，自然条件恶劣，年轻人大都外出打工谋生，在村的老百姓种几亩田，也只是靠天吃饭，是个典型的一方水土养育不了一方人的贫困村。

2018年，省人大常委会党组书记、副主任郭迎光开始包扶下红表村，这个村庄开始了由内而外的蜕变。在不到一年的时间里，出村的路宽敞平

郭迎光同志走访贫困户

坦了，吃水更安全便捷了，用电有保障了，日间照料中心、村委会拔地而起，村容村貌变整洁了，贫困户收入也有提高，整个村庄又生机勃勃了。

主要做法

一、建强一支队伍

习近平总书记说过："时代是出卷人，我们是答卷人，人民是阅卷人。"为了答好脱贫攻坚这张卷，郭迎光副主任给省人大机关驻村工作队和第一书记们布置了三项作业。

"认真读一读毛主席的农村调查报告《寻乌调查》《湖南农民运动考察报告》等；认真读一读《习近平的七年知青岁月》和收录习近平总书记在宁德地区工作期间讲话和文章的《摆脱贫困》等书籍；认真读一读习近平总书记关于脱贫攻坚的重要论述特别是视察山西的重要讲话"，这是郭迎光副主任在与省人大常委会机关驻村工作队员、第一书记座谈时布置的第一项作业。驻村工作队员、第一书记按照郭主任开的书单开展了学习，对这些长期在机关工作、很少接触农村工作的年轻人来说，读了这些书后普遍感到调查研究更得心应手了，对农村工作更熟悉、更有热情了。"驻村工作队员每天要写扶贫日记，每个月至少要走访一次建档立卡贫困户，每季度要写关于贫困户有关情况的详细报告，对贫困村发展的限制因素进行深入研究"，是郭迎光副主任布置的第二项作业。省人大常委会机关驻村工作队员、第一书记们现在按照郭主任要求，坚持每天写扶贫日记，定期走访贫困户，对贫困村、贫困户有关情况进行深入研究，帮扶工作做得越来越精准；搞花架子项目，浪费资金是扶贫工作中最容易犯的错误。郭迎光副主任一开始就给大家表明了态度，打了"预防针"，这也是布置的第三项作业。他要求在扶贫资金的使用上要慎之又慎，把钱用在刀刃上，用在解决群众所忧所需所盼上，把功夫下到提升群众的满意度上来。同时他还要求五台县委、县政府对扶贫资金进一步加强管理，防止扶贫中的堆盆景、造景观、弄虚作假、挥霍浪费。

人心齐，泰山移。郭迎光副主任身先士卒率先干，驻村工作队、第一书记扑下身子扎实干，村"两委"撸起袖子加油干，贫困群众也开始甩开膀子放手干了。

郭迎光同志入村调研

二、补齐两个短板

一枝一叶总关情，下红表村基础设施建得怎么样？民生问题解决得怎么样？郭迎光副主任始终记在心上，抓在手上。

解决村里用电难。下红表村原来的变压器老旧、线路老化，一到高峰时段家家户户都用不上电，由于没有资金，多年来这个问题得不到解决。了解到这一情况后，驻村工作队与国家电网山西公司联系，争取农网改造资金92万元，安装新变压器、更换线路、电表箱，仅用20天时间就完成了电网改造任务。家里的灯更亮了，村民的心更暖了。

脱贫路上，不落一人。贫困户张某某，患有严重精神疾病，由于种种原因家里一直没有通上电，驻村工作队多次协调，亲自帮其办理用电手续，家里有了电，再黑的夜也是一片光明。

解决村民吃水难。与电的问题一样，吃水也是困扰下红表村村民的问题之一。由于自来水管道老化锈蚀、跑冒滴漏现象严重，部分群众饮水无法自流入户。一到冬天，管道结冰，吃水更是困难。驻村工作队协调水利部门投资28万余元对管网进行了改造，更换水泵、新建蓄水池、铺设输配水管网，管道深埋，汩汩清流入户，滋润群众心田。

解决农村养老难。下红表村常住人口中三分之二以上是60岁以上的老人。郭迎光副主任在调研时了解到，村里无劳动能力又无子女照顾的贫困老人较多，当即指出要加强研究论证，有效解决农村贫困老人养老问题，壮大康养产业，有效推进社会保障扶贫，实现农村贫困老人应扶尽扶。五台县委、县政府按照郭迎光副主任的指示要求，结合村容村貌整治方案，统筹推进下红表村日间照料中心建设。经过三个月的紧张施工，470余平方米的日间照料中心主体工程已完工，餐厅、活动场所一应俱全，贫困村的失能老人、孤寡老人也将过上老有所养、老有所乐的日子。

三、发展"三类"产业

稳定脱贫离不开产业的支撑。贫困村应该如何发展产业，发展什么样的产业是一个常谈常新的问题。郭迎光副主任长期从事农业农村工作，对这一问题有着深刻的理解。在郭主任的指导下，下红表村确立了"分层次、渐进式"的产业发展思路。一是巩固发展好传统产业。传统产业具有农民熟悉、易接受、风险小的优势，为此，下红表村今年继续发展高粱、小米、豆类等小杂粮种植，省人大会议中心和职工餐厅把帮扶贫困村作为定向采购点，直接向贫困村购买农产品，在此带动下，消费扶贫在阳白乡不断得到复制和推广，贫困村的土豆、小米纷纷进入帮扶单位的食堂和职工家中。销售难题解决了，传统产业发展的后劲更足了。二是大力发展群众无投入的产业。五台县结合光照资源丰富的优势，将光伏作为脱贫的重点产业项目，全部由政府投资建设，努力实现贫困村光伏全覆盖。乘此东风，

协调项目资金改造自来水管网

日间照料中心及村委会开工打根基

下红表村也完成了100千瓦光伏电站的建设，预计并网后可实现年发电收入10万元左右。三是探索发展增收产业。郭迎光副主任指出，要根据县情实际，用足用好政策，精准精细发力，要持续实施"一村一策"帮扶措施，因地制宜，确保高质量地完成脱贫任务。根据地理特点和气温条件，下红表村规划了适宜旱地种植的干果经济林，以高经济价值的干果助推稳定高效脱贫。

启　示

坚决打赢脱贫攻坚战，让贫困人口和贫困地区同全国一道进入全面小康社会是我们党的庄严承诺。如何打赢这一战，确保全面小康的巨轮乘风破浪、抵达彼岸，郭迎光副主任的帮扶工作给了我们启示。

一、坚定不移践行党中央嘱托，把住扶贫工作的方向舵

高举习近平新时代中国特色社会主义思想伟大旗帜，树牢"四个意识"，确保扶贫工作始终沿正确的方向前进。习近平总书记15岁时就到全国知青中条件最艰苦的地方之一——陕北插队，而且一插就是7年，开荒、种地、铡草、放羊、拉煤、打坝、挑粪……几乎所有的农活他都干

过，他了解农民的生活，了解中国农村的实际状况。20岁时担任了梁家河大队党支部书记，带领社员种植蔬菜，改善生活。他在村里建磨坊、裁缝铺，开代销点，发展铁业社，努力增加群众的收入。他自费辗转到绵阳学技术，带领村民建了陕西第一座沼气池。实践出真知，他的扶贫思想为我们指明了方向。

党的十八大以来，从"六个精准""五个一批""四个问题"，到"有的要下一番绣花功夫"，习近平总书记对精准扶贫、精准脱贫的要求不断具体、不断深化，每一个奋战在扶贫一线的干部都应该不断增强责任感和使命感，认真学习贯彻落实习近平总书记关于脱贫攻坚的重要指示，真抓实干，在人类历史上最为波澜壮阔的减贫事业中扬帆远航、建功立业。

二、坚定不移以贫困户为本，放稳扶贫工作的压舱石

民为邦本，本固邦宁。一要真心尊重贫困户。郭迎光副主任入村调研时，都是拉着贫困户的手，坐在老百姓的炕头，与他们推心置腹交流。平

建设的100千瓦光伏扶贫项目

时贫困户不愿意谈的实际收入、子女就业等情况，因为感情拉近了，也都愿意和郭主任谈。和蔼可亲的态度不仅让贫困户感受到了温暖，也深深感染了村"两委"干部和驻村工作队员。二要真情关爱贫困户。扶贫就是要为贫困户解决问题，就是要发挥自身的优势，努力为他们争取各类支持和帮助，尽最大努力帮助他们渡过难关，将党和国家的好政策播撒在人们心间。三要真正当好贫困户的代言人。扶贫不是扶贫工作者自说自话，要突出贫困人口的主体地位，站在贫困人口的角度去思考问题，特别是在发展产业时，要充分考虑贫困户的试错成本，消除他们的后顾之忧，真真切切为贫困人口谋福利，贫困户的满意才是最大的政绩。

三、坚定不移进行改革创新，用好扶贫工作的新引擎

世界则事异，事异则备变。脱贫攻坚进入啃"硬骨头"的阶段，扶贫工作必须有创新。一要创新方式，推动"三变"改革落地生根。郭迎光副主任与市县乡村四级干部座谈时指出，农村"三变"改革，是转变当前"三农"发展模式的一项新改革，是同步实现全面小康的一项重要举措。郭主任的话为当地扶贫工作注入了一股新活力。当地通过"三变＋特色产业"的新路径发展中药材、榛子种植，让农民在资源变资产过程中受益。二要创新工作方法，改变简单给钱给物的做法。多采用生产奖补、劳务补助、以工代赈等机制，使群众通过辛勤劳动脱贫致富。三要创新思路，激发贫困人口内生动力。阳白乡通过建立"道德积分商城"和选树"优秀党员""自强之星""最孝儿女"等先进典型，奖励先进，调动贫困群众的积极性、主动性、创造性，教育和引导贫困群众通过自己的辛勤劳动脱贫致富，取得了良好的社会效果。

倾情帮扶暖山乡　群策群力奔小康

——省人大常委会副主任卫小春帮扶平顺县南耽车村纪实

背景导读

平顺县位于太行山南端，晋、冀、豫三省交界处，是国家扶贫开发工作重点县，全县93%的面积是山地，人均耕地不足0.8亩，素有"八山一

卫小春同志在贫困户家中走访

116

水半分田"之称。南耽车村距县城36公里，资源匮乏、交通阻塞、产业薄弱、发展落后，2014年被确定为贫困村，全村土地面积26000亩，耕地面积729亩，共有234户676人，其中贫困户69户169人，因病致贫、因学致贫、因残致贫比比皆是。

2016年以来，省人大常委会领导定点驻村帮扶该村，南耽车村"两委"抢抓机遇、顺势而为，充分发扬纪兰精神、劳模精神，积极开展精准识别、建档立卡、制定规划等一系列工作，积极改造村容村貌、立项建设跨河大桥、参与全乡联村共建养殖项目、分期实施地灾区移民搬迁，村容村貌发生了巨大变化，农民收入持续提高。2018年底，全村贫困户脱贫67户167人，实现了整村脱贫。

主要做法

一、进农家，上地头，分析研判共筹谋

2018年，省人大常委会卫小春副主任定点帮扶南耽车村以来，时刻心系村子的产业发展和村民的生产生活情况，在百忙之中多次进村入户调研，走遍了全村东西两沟，对该村村容村貌、人民群众居住情况和扶贫产业发展情况进行了深入细致的了解，走上群众的田边地陇，和基层干部群众面对面座谈交流，充分分析研究南耽车村精准扶贫、精准脱贫中的困难和问题，共同探讨脱贫"摘帽"的途径和办法。

在深入了解贫困群众的生活情况后，卫小春同志还进一步了解了南耽车村浊漳河大桥、村级卫生室等基础设施建设、使用情况及产业规划、未来发展思路等。了解到平顺县当前正在实施的"文化旅游、中药材、新能源"三大产业在促农增收方面的成效后，卫小春同志表示，要进一步明确时间表、路线图，围绕完善贫困村基础设施、保障群众看病就医等方面补短板、强发展，全力打赢脱贫攻坚战，并指出，相关单位要在帮扶资金、政策支持和技术指导等方面加大力度，整合思路、精准施策，确保贫困户早日脱贫致富。

卫小春同志一行听乡党委书记、村委主任介绍村情民意

　　针对南耽车村实际，卫小春同志在充分调研的基础上提出，南耽车村的发展必须要调整产业结构，一是要改变原先单一的农业种植结构，大力发展花椒、核桃、紫苏等种植产业，和土鸡、肉羊、肉牛等畜禽养殖产业，在发展中要尽量凸显"五色、生态、无污染"的产业特色优势。二是要充分利用南耽车村面朝浊漳河、背靠南垴山的地形优势，积极融入平顺大力发展文化旅游的产业氛围，通过旅游及相关产业带动群众脱贫致富。三是要大力扶持光伏扶贫等带动辐射能力强的新兴产业，增强村级集体经济实力，促进村级集体经济组织与贫困群众建立紧密的利益联结机制。四是发挥信息共享、劳力互帮、技术互学、销售互带作用，大力发展电商扶贫产业，通过物流业加速农产业销售流通，切实增强带贫减贫效果。

　　二、面对面，心连心，问民所需解民忧

　　9月12日，秋收在即，卫小春同志来到贫困户张某某、段某某家中，和他们亲切交谈，详细询问他们的家庭情况、生活状况，了解年景收成，听取他们对扶贫工作的建议和意见，鼓励他们用积极乐观的态度面对生活，树立信心，自力更生，在各级政府的帮助下早日脱贫致富。

　　南耽车村是平顺县典型的三山夹两沟地形，村民散居在东、西两道沟的沟坎上，西边地势较平缓宽敞，东边是一道土质松软、间杂砂石的山梁，从山脚到山顶，民居建得层层叠叠，雨季一到极易发生山体滑坡和泥石流等地质灾害，全村六分之一的人口住房不安全、没保障。贫困户张某某的家就在这山梁上，他2010年因胃癌做了一场大手术，不仅花光了家里的积蓄，还欠下了3万元外债，虽然捡回了一条命，却丧失了劳动力，孩子还未成年，生活的负担压在妻子一个人肩上，面对摇摇欲坠的房子却有心无力。

安居乐业，住房问题是切乎群众利益的重要问题，是脱贫的重要指标，也是包村领导卫小春同志最关心的问题。2018年3月，卫小春同志包扶南耽车村以来，人民群众的住房安全问题就摆上了他的案头、放在了他的心头。他多次强调，要严格对照脱贫标准，夯实工作责任，抢抓建设施工黄金期，紧盯竣工率、配套率、入住率，认真研究制定搬迁户后续发展措施，实现搬迁与脱贫同步。

为切实解决安居难题，村"两委"在卫主任的督促下，通过"四议两公开"的议事程序，将地灾治理和易地移民搬迁工作充分结合，采取以农民自行改造为主、专业队集中改造为辅、周转房建设为补的"三结合"方法，在邻近的北耽车村选取了平坦宽敞的地段建设移民新区，新区与村子

卫小春同志了解种植产业（高粱收成情况）

119

隔河相望，既不耽误群众春种秋收，村民出门工作更是方便快捷。一期工程共有41户142人申请搬迁，其中涉及贫困户7户25人。小区采用单元楼样式，一栋四个单元，每层可以住12户，以人均25平方米的标准建设，今年主体工程将全部完工，水、电、暖等配套设施将逐步完善。

除了在村子周边建设移民小区，该村还在县城集中安置点安置了贫困户10户36人。贫困户张某某受益于这项政策，在县城拥有了稳固、明亮、干净、漂亮的新房子，居住条件发生了翻天覆地的变化，孩子今后就业也有了更广的门路，一谈起这件事，他脸上的喜悦藏也藏不住。

在走访座谈中，卫小春同志了解到南耽车村南垴山有着3000亩的天然白皮松次生林，多年前就建起了明山森林公园，在原始森林掩映中，释迦牟尼古佛殿、娲皇行宫引来众多善男信女顶礼膜拜。东西两侧天然形成的幽谷深涧、成潭虎穴，奇峰怪岩等十大自然人文景观更增添了原始森林的神秘感。对此卫小春同志指出村集体要充分发挥这一旅游资源禀赋，作为新的经济增长点，带动全村巩固脱贫成效。

在卫小春同志的关怀下，南耽车村从贫困户中聘用生态护林员11人，在加强对森林资源保护的同时也为贫困户提供了就业岗位，并投资25万元

乡村旅游——林中小游园

对景区步游道和输电线路进行了修缮和更换，投资25万元配套建设了小游园，打造出了"村前小溪流，村中似游园，村后景满山"的一体化旅游格局，"绿水青山就是金山银山"，修缮后的景区吸引了大批自驾游和周边游游客，为该村脱贫攻坚工作注入了新的活力。

三、找出路，寻门路，发展产业"拔穷根"

贫困户段某某，有脱贫致富的强烈意愿，以前苦于没门路，守着家里的几亩薄田，收入仅能糊口。卫小春同志入户调研来到他家，与他一番促膝长谈后，建议他利用家里的土地，种些易成活、好管理、收益高的花椒，再把散养的土鸡发展壮大成产业，等花椒挂果、土鸡生蛋，好日子就来敲门了。今年一年，段某某新种植花椒树43棵，养殖土鸡50只，还尝试着种植了2.5亩中药材紫苏，年底一合计，增收了8000余元，一步踏出贫困户。

产业扶贫是贫困地区和贫困人口摆脱贫穷的基本路径，是最根本和最长久的扶贫。针对南耽车村集体产业缺失的情况，卫小春同志建议，要用好用活村里的青壮劳动力，组织起来，攥起拳头，合力对抗贫困。通过多方求证、几经求索，南耽车村决定利用村民服务行业从业经验丰富的优势，发展服务产业。于2016年12月成立了平顺县清新物业有限公司，参与了帮扶单位市技师学院的公寓楼楼体保洁工程的竞标，并成功中标。2017年，仅此一项，就为村集体带来了3万元的收益，打破了集体收入长期为零的困境，同时还解决了14名贫困人口的就业难题。

南耽车村一直以来都有种植花椒的传统，近年来，该村继续做大做强花椒产业，在原有基础上新栽种花椒树100亩，达到了360亩、14000棵，实现了全村家家都有花椒树、人人能挣花椒钱，仅此一项，可实现户均增收1200元。与此同时，该村还与平顺县中药材龙头企业振东集团合作，引进了中药材紫苏种植97.9亩，其中，38户贫困户种植了57.8亩，户均增收500元。

四、抓榜样，树新风，鼓舞精神提干劲

扶贫扶智更要扶志，艰苦奋斗、自强不息是纪兰精神、劳模精神的本

质内涵，多年来，在纪兰精神的鼓舞下，平顺人民不畏艰险、克服万难、逢山开路、遇水架桥，从石缝里栽出了百万亩绿色森林，在崇山峻岭间修通了一条条出山路、幸福路。卫小春同志在调研时指出，要充分发扬劳模精神、纪兰精神，在脱贫攻坚中激发出人民群众强劲的动力。

南耽车村组织村里德高望重的老人、群众信服的能人和村民代表组成了查毒禁毒会、红白理事会、道德评议会、村民议事会对全村村民的日常行为和村"两委"的工作进行约束和监督；共同制定村规民约，从遵纪守法、爱岗敬业、文明礼仪、爱护林木、团结睦邻、尊师重教等大小十五个方面对村民行为进行了具体要求；对于村里孝敬老人、勤劳致富、无私奉献的先进典型，在村口人流量最大的地方张榜展示，号召全村一起学习、共同进步。"一约四会一榜"的树立，引导大家积极向上，集聚起榜样的力量，在全村形成了"我劳动我幸福、我脱贫我光荣"的浓厚氛围，使纪兰精神在新时期脱贫攻坚的伟大实践中得到进一步弘扬。

48岁的许国文，不等不靠也不要，一门心思发展花椒产业，年产花椒达千斤以上，是村里的种植大户；74岁的申本珍老人人老心不老，在务农

乡村旅游——山间步游道

跨漳河通村大桥

之余利用传统手工制作豆腐的手艺，每年卖出豆腐5700斤，可实现增收2000余元；41岁的段爱军，通过多年的打拼，在村里拉起了一支30余人的务工队伍，完成了从一个人富起来到一批人富起来的升华，是村里脱贫致富的带头人之一；三十而立的段栋杰，看准平顺大力开展电子商务进农村工作的优势，在村里开了一家电商实体店，立志要帮乡亲们把农产品卖个好价钱……

启 示

南耽车村的发展，是省领导倾力帮扶贫困村脱贫致富的成果，是平顺县脱贫攻坚工作的缩影，是平顺县以纪兰精神引领脱贫攻坚、以产业发展实现增收致富、以扶志扶智激发内生动力的成功典范。

作为国家扶贫开发重点县，平顺县262个行政村中有贫困村241个，近年来，平顺县坚持以习近平总书记关于扶贫的重要论述为指引，深入贯彻落实习近平总书记视察山西重要讲话精神和对打赢脱贫攻坚战三年行动的重要指示精神，按照中央、省、市脱贫攻坚工作要求，举全县之力打好脱贫攻坚战。经过2014—2017四年努力，全县共退出贫困村130个、脱贫33250人，贫困发生率由原来的40%下降到13.94%，农村人均纯收入由2013年的2258元，增长到2017年底的5934元，脱贫攻坚成效考核2016年位列全省第一，2017年处于全省第一方阵，为2019年实现全县整体脱贫退出打下坚实基础。

作为国家扶贫开发重点县，平顺县的发展离不开上级政府的关心关注，离不开帮扶领导的倾力支持，更离不开全县上下同心同力。我们认真执行"两包三到"精准帮扶联动机制，在全县选取年富力强的精兵强将充实到贫困村开展帮扶工作，3年来，共下派扶贫工作队250支、扶贫工作队员814人、第一书记247名，实现了贫困村、贫困群众帮扶全覆盖。通过一系列激励机制，全县贫困群众摆脱了"等、靠、要"的贫困思维，"我要脱贫"的意愿空前强烈，自觉自发地产生了资金的需求、技术的需求、项目的需求、产业的需求，在全县形成了脱贫攻坚的强大动力。

泥土里的足迹　长城内的暖阳

——省人大常委会副主任李悦娥帮扶岢岚县王家岔村纪实

背景导读

岢岚县王家岔村位于县城东部、岚漪河北岸、荷叶坪山南麓，距县城22公里，是王家岔乡政府所在地。全村总人口308户607人（包含搬迁村朱家湾134户289人），常住人口97人。全村总面积8.6平方公里，其中耕地面积621.06亩，退耕还林地996.94亩，其他林地面积6047亩。长期以

李悦娥同志协调山西农业大学与岢岚县政府建立校县合作关系

李悦娥同志在王家岔村调研扶贫工作

来，王家岔村民以农为主，兼营林牧。2018年，王家岔村建档立卡贫困户51户99人全部脱贫，实现整村退出。

主要做法

2018年，省人大常委会副主任李悦娥受组织委派，定点帮扶王家岔村，与本村贫困户邱二寿、任引娣结成帮扶对子，进行定点帮扶。两年来，李悦娥同志多次深入王家岔村民家里院内，田间地头，针对该村长期以来存在地理位置较差，农业产业化程度低下和空心化严重等突出问题，她手把手完善帮扶规划，心连心落实帮扶措施，村里每一个角落都留下了她的足迹，宋长城内外每一个贫困户家都铺满了真情的暖阳。

一、完善规划，明确帮扶措施

李悦娥同志在多次细致调研的基础上，针对劳动力就业转移、特色产业发展、群众技能培训等重点问题，结合村实际情况完善了王家岔乡的脱贫规划，重点加强了旅游产业宣传；加大劳动力技术培训力度；整合文化产业扶贫资源等条目。李悦娥同志特别强调，在产业上做文章要大小项目相结合，因地制宜；移民搬迁要将"人、钱、地、房、树、村、稳"七个问题抓紧落实到位；脱贫攻坚要与生态建设有机结合，并将环境整治与乡村振兴结合起来；要扎实做好社会兜底工作，确保百分之百兜底，不让一个贫困群众掉队；将基础教育与技能教育并抓，切实化解"支出型贫困"问题困扰，最终实现可持续扶贫。王家岔村据此夯实基础、多措并举、扶志扶智扶德，实现了村健全基础设施、改变村容村貌、激活内生动力、增强集体经济，特别是精心策划、科学运作的宋长城旅游业发展势头强劲，必将成为全乡新的经济增长点和新兴产业。

二、走访调研，解决突出问题

李悦娥同志走遍了王家岔村在村居住的所有贫困户33户。在贫困户任某某家中，李悦娥拉着任某某的手，详细询问了长期慢性病的病情。她安排了医疗帮扶，解决了医疗困难的问题，特别帮助任某某长子、次子找到较好的劳务工作，实现收入增加。在贫困户邱某某家中，李悦娥仔细询问了家庭的致贫原因和收入情况，针对他女儿在内蒙古大学就读学费困难的问题，她亲自安排办理了国家助学金。接下来，针对邱某某家劳力不足的问题，帮助他在村里建起了小便利店。如今，邱某某逢人就笑逐颜开地说："李主任帮他解决了困难，女儿可以无后顾之忧地安心学习，早日成才。"

三、因地制宜，开展旅游扶贫

岢岚宋长城历经北齐、北周、隋、宋等朝代共700余年，于宋朝完全建成，至今已有1000多年的历史。在李悦娥同志的关心下，乡政府成功规划了宋长城景区建设项目，建设范围

李悦娥同志走慰问访贫困户

市委党校送课下乡活动——宣传"三保障"政策

东北至荷叶坪国家森林公园，西南至宋家沟乡口子村，全长22.6千米，总规划面积为94.5平方公里。景区一期项目总投资约3.05亿元，周边乡村综合整治项目总投资约2.4亿元，均采用建设、运营、移交的运作模式。王家岔村以旅游发展为契机，签订房屋拆旧协议18户32处，规划建设108个床位的民俗客栈和农家乐，统筹整合各类资金，完善公共设施，推进乡村清洁工程，全面提升人居环境。宋长城景区建设项目的实施可将乡村振兴与旅游产业融合发展，最终实现贫困村产业兴旺、乡村美丽的多赢局面。

四、创新举措，开展产业扶贫

在李悦娥同志的时刻关注下，王家岔村发挥农村基层党组织的作用，加强与上级部门的沟通与衔接，加大对扶贫开发资金争取力度，发挥扶贫资金的集聚效应和最大效益。一是发展特色农副产品产业帮扶。在大力发展特色油菜种植业的同时，整合资金建成了油料加工厂，注册成立鑫源农产品有限公司。王家岔乡形成了油菜种植、加工、销售完整的产业链，为每户贫困户提供扶贫周转金3000元入股，年终每户分红收入480元。2018年再次加大招商步伐，王家岔村引进了山泉水桶装项目，注册了"荷叶泉"品牌，利用三资结余资金10万元以周转金的方式投入企业发展，做到了增强村集体经济实力和强化带贫作用双突出。二是实施企业入股分红帮扶。通过"五位一体"精准扶贫小额信贷模式为18户符合条件的贫困户办贷入股山西山阳生物药业有限公司,三年内每户每年分红4000元,解决困难群众资金短缺和不会经营的问题。利用扶贫资金为全村40户贫困户发放农资代金券25450万元,解决困难群众春耕备耕物资短缺等问题。三是推动发展晋岚绒山羊产业扶贫项目。李悦娥同志深入晋岚绒山羊育种中心、王家岔乡王家岔村实地调研羊产业"育繁推"一体化服务,为岢岚县贫困群众脱贫寻找自主产业。在她的积极协调和推动下,岢岚县与山西农业大学签约发展羊产业,借助农大的技术、资金、科研优势,在岢岚县投资2663万元实施晋岚绒山羊育繁推一体化项目,投资670万元在搬迁村建养殖小区13个,政府补助建设圈舍20万平方米,推进羊精细化规模养殖,推动发展"羊"产业链。目前,全县羊饲养量达到65万只,羊产业已成为岢岚县脱贫支柱产业。

五、加强党建,开展精神扶贫

"村民富不富,关键看支部;村子强不强,要看'领头羊'。"李悦娥同志特别关心村里的党支部建设和致富带头人,她提出,优先推荐致富能

发展乡村旅游,建设美丽乡村

人、优先引进外地务工经商人员等进入村"两委"班子，切实增强村级组织的战斗堡垒作用。年内，王家岔村通过开办农民夜校、开展送课下乡、成立村民互助组等多种方式，根据现代农业的要求和涉农政策的发展的需求召开每月2—3次集中学习。6月，李悦娥同志不辞辛苦，刚刚下车就召开座谈会，围绕习近平新时代中国特色社会主义思想，结合自身经验，为大家讲解了党的最新思想理论以及大家关心的扶贫政策，村"两委"干部推动脱贫攻坚工作的专业化水平更加提高，贫困户脱贫的信心更加坚定。

启　示

一、坚持走群众路线率先垂范，传播"正能量"

党的十八大以来，新一届中央领导集体大力改进作风的一系列举措，

整村推进项目——优质绒山羊种羊

让全党如沐春风、如饮甘霖，让全国人民备感亲切。李悦娥同志多次脚踏实地调研，沉下身子行动，正是走群众路线的真切体现，她不仅使基层县、乡两级干部坚定了脱贫攻坚的决心，也为老百姓带来了愿景和期待。"教者，效也，上为之，下效之。"领导的率先垂范引发的传导和示范效应，无疑具有强大的"正能量"，必将产生自上而下的良好推动作用。

二、聚焦"两不愁、三保障"实地调研，提升满意度

脱贫攻坚已经到了啃硬骨头、攻坚拔寨的冲刺阶段，贫困户的满意度正是脱贫成果的最佳体现。李悦娥同志针对致贫原因，高度重视耕地补助、生态补偿、低保救助等涉及农户多、群众较为关心的政策兑现工作，面对面商量对策，实事求是制定脱贫措施，坚持实事求是，一把尺子量到底。真心实意解决实际问题，及时疏解群众情绪，做到对象精准、程序合规、资金兑付到位及时，以实实在在的工作作风赢得老百姓点赞。

三、构建上下联动的工作格局，弘扬好作风

李悦娥同志带头安排部署、带头驻点联系、带头调查研究、带头检查督办，多次安排帮扶措施的落实，县、乡主要领导同志能够切实履行第一责任人的责任迅速联动。年内，王家岔村全面落实教育扶贫九项政策，实现各学段贫困学生资助政策全覆盖；实施健康扶贫行动，对贫困人口全覆盖；对失能高龄老人、贫困残疾人口、孤儿等落实生活补贴、护理补贴；坚持扶贫与扶志、扶智、扶能、扶德相结合，扶持贫困户发展生产，引导群众向全县的致富能手和脱贫攻坚先进典型学习，鼓励有劳动能力的贫困群众想干、能干、会干，主动向贫困宣战，确保打赢精准脱贫攻坚这场硬仗。

心系老区脱贫帽　夯实基础奔小康

——省人大常委会副主任、省总工会主席高卫东帮扶兴县沟门前村纪实

背景导读

兴县位于山西省西北部，辖7镇10乡、376个行政村。是革命老区，也是特困地区，属于全省10个深度贫困县之一。沟门前村位于吕梁市兴县恶虎滩乡东，距县城22公里。全村平均海拔960米，无霜期120天。全村面积6.8平方公里，213户670人；党员27人，村"两委"班子8人。全村耕地面积1380亩，退耕还林557亩，现有耕地近900亩（其中确权土地728亩，村民自开荒160余亩）。2016年整村脱贫，村民人均收入3540元。

2017年初，省人大常委会副主任高卫东开始包联兴县沟门前村。作为在吕梁工作多年的领导，他对这片红色热土有着深厚的感情，并熟悉这里的风土人情。包联伊始，高卫东同志就赴沟门前村实地调研。他初步了解到沟门前村尽管已经整村脱贫，但仍存在产业薄弱、内生动力不足、乡村空心化、组织能力不强等突出问题。在4次率队实地查看产业发展情况、

高卫东同志深入兴县恶虎滩乡沟门前村调研脱贫攻坚

走访慰问贫困户、与恶虎滩乡和沟门前村负责人共同商讨后，他为沟门前村指明了巩固脱贫方向：夯实产业基础，重点发展经济作物种植和养殖业，壮大集体经济；强化政策落实和组织建设，激发内生动力；提升村容村貌，为美丽乡村建设夯实基础。

近两年来，沟门前村在高卫东同志的大力帮扶下，内生动力、基础设施、产业建设、集体经济发展均走在了全县前列，村容村貌"靓"了起来，村级经济"活"了起来，群众口袋也渐渐"鼓"了起来。2017年人均收入达3800元，建档立卡巩固脱贫户61户140人，保留贫困户仅有2户5人，实现整村脱贫。

主要做法

一、抓产业，打基础

摆脱贫困根本在产业，发展产业要因地制宜。在近两年的包联工作中，高卫东同志最忧心的是沟门前村薄弱的产业基础以及产业的长效机制。看着村前村后荒废的石材厂和煤场，综合沟门前村的地理生态、贫困户的劳动技能和发展意愿，他提出巩固脱贫的重点要放在发展种植和养殖上。驻村期间，他与扶贫工作队、村"两委"一道跑田间地头考察种植条件，一起讨论柴胡和脱毒马铃薯种植、散养和集中养鸡、利用光照条件建设光伏发电站的细节问题。

两年来，沟门前村种植脱毒马铃薯192亩，种植柴胡等中药材180亩；发展庭院养鸡82户；2018年光伏发电分红收入达8万元，其中60%贫困户受益，剩余40%分配到村集体。与这些产业相适应推荐公益性岗位9人，包括护林员4人、卫生保洁员5人；实施劳动技能培训，培训护工12人、驾驶员4人、其他技能培训3人。2018年高卫东同志联系的30万帮扶资金用于建设5000只规模生态养鸡项目。这个项目现已动工，预计2019年形成生产能力，让村民实实在在享受到红利。2018年以来，沟门前村积极推进已有产业综合效益的提升，在原有香菇大棚的基础上进行光伏电站建设，建成了118亩农光互补项目，形成了农光互补的优势，实现了资源整合利用。

这些涉及村内基础设施建设和产业发展项目统一由村经济合作总社实施，收益一部分分给社员，一部分作为村集体经济收入，既实现村民增加收

高卫东同志与贫困群众拉家常

高卫东同志深入贫困户家中走访调研

入，又推动村集体经济发展，解决了贫困村后续发展问题。目前中药材和食用菌种植、土豆加工厂、人畜吃水、便民桥等基础设施工程，按照相关章程，已纳入合作社经营范围，收益按合作总社收益分配模式进行分配。

在产业收益的带动下，沟门前村的村容村貌大为改善。完成"四化"工程，硬化活动场所930平方米，绘制文化墙近20幅，栽植树木550棵，铺设人畜吃水管道3300米。村级管理规范有序，巩固脱贫成效明显，人民群众反映良好，村民积极主动参与村级事务，把主要精力集中到了发展和致富上，更加坚定了听党话、跟党走的自觉性。沟门前村将进一步巩固脱贫成效，发展壮大村集体经济，积极引导农民投身乡村振兴，建设文明示范新农村。

二、抓政策，促落实

高卫东同志在担任省人大常委会副主任后，高度重视"三农"工作，带队开展立法调研，积极推动制定出台了《山西省农村扶贫开发条例》。他深知抓好政策落实在摘掉兴县"穷帽子"和巩固脱贫中发挥的关键作用。每次带领省人大、省总工会、省外办领导和帮扶干部到村入户时，他都重点关注退耕还林、生态补偿、教育扶贫和健康扶贫等政策的落实情况，并据此对驻村工作队和县、乡、村干部提出具体要求。

在落实扶贫政策中，沟门前村根据实际情况把脱贫户分成积极主动参与扶贫项目、有劳动能力但消极观望等待、无劳动能力但有一定收入来源、只能由政策兜底解决贫困4类，并制定出沟门前村三年巩固脱贫规划、年度计划和一户一册等方案。这些方案在领导责任、任务、举措等方面都进行了详细说明，成为指导沟门前村巩固脱贫的行动指南。为了让村民充分了解扶贫政策，驻村工作队编印发放了《扶贫政策汇编》200册，集中宣传动员5次；包扶责任人入户沟通300余人次。通过广泛宣传政策，沟通联络感情，解决实际问题，沟门前村把结对帮扶工作落到了实处，提高贫困户的获得感。王某某是沟门前村的巩固脱贫户，其本人患有慢性病，其孙子在120师小学上学。高卫东同志在2017年5月入户调研时，了解到他家的实际情况，反复叮嘱驻村工作队和村"两委""一定要重点关注王某某这样的家庭，落实好教育扶贫和健康扶贫的各项政策，保障好孩子的成长和教育，不能让任何一户贫困户的孩子因病因贫失学"。目前，沟门前村实现了新农合医保和教育扶助全覆盖，通过落实生态、金融、医疗、民政和基础设施提升等扶贫政策，沟门前村每个贫困户至少享受4项扶贫项目，做到了扶贫政策应享尽享。

外事侨务服务中心党支部与沟门山村党支部结对共建

设立扶贫爱心超市和孝善基金，激发群众内生动力

三、抓班子，带队伍

沟门前村帮扶责任单位是省政府外事办公室。在2018年全省对驻村帮扶队伍进行调整时，高卫东同志专门听取了外办扶贫工作开展情况，强调严格落实"一村一队、一队三人"的选派要求、"五天四夜"的驻村要求、机关干部结对帮扶等相关要求，并强调第一书记和驻村工作队在巩固脱贫中的重要作用。

沟门前村探索建立了"支委引领、党员帮带"工作模式，发挥全村20多名党员干部先锋模范作用，激发基层组织干事创业活力。在沟门前村委党员活动室，政策理论、扶贫政策、农业技能等主题的书籍一应俱全。村委制订学习计划，明确学习内容和领学人，第一书记组织村"两委"班子和在村党员，认真系统学习习近平新时代中国特色社会主义思想、党的十九大精神和脱贫攻坚知识；充分激发村委书记蒋宝宝等同志的闯劲，鼓励他们带领全村人开创脱贫新局面。在村"两委"的带动下，2018年5月10日沟门前村经济合作总社正式成立，注册资金101.49万元，成员192户、

597人。合作社设立理事会、监事会、法定代表人；合作社章程确定了产业经营模式，为破解当前沟门前村集体经济发展的瓶颈迈出坚实一步。沟门前村经济合作总社也成为兴县恶虎滩乡第一家合作总社，在恶虎滩乡起到示范引领作用。

沟门前村还注重发挥交流学习在队伍建设中的作用。工作队和村"两委"通过党员微信群，将每月组织生活内容、党员会议、工作动态等，通过文字、图片、视频等方式进行发布，实现党员交流零距离。同时，第一书记组织村"两委"赴经济强村和产业发展相近村进行学习观摩。通过到娄烦县观摩西梅种植基地、到兴县安家庄观摩养驴厂等活动，驻村工作队和村"两委"一起研究沟门前村的产业规划，对近十个项目展开论证并优选上报到兴县扶贫项目库。班子建设提升了全村党员的政治素养和工作能力，为沟门前村的美丽乡村建设提供了组织保障。

启　示

沟门前村在脱贫攻坚中，也面临着村级组织散、脱贫能力弱、带头人缺乏等困难，也在不断探索"抓队伍、强产业、壮大集体经济"的发展道

绘制文化墙，营造攻坚浓厚氛围

路。沟门前村的脱贫经验说明：

一、精准脱贫要下足绣花功夫

整村脱贫后还要继续推进精准施策。贫困村中贫困户间情况不同，发展意愿也有差异，所以要兼顾因村施策与因户施策。一个贫困村要有市县发展的主导产业，普惠全村的大产业，更要有适合村情、顺应民意的村级小产业，比如庭院经济。只有多产业并举，打好产业发展组合拳，贫困户才能从多个渠道获得收益。

二、摘掉"穷帽"要壮大集体经济

集体经济是农村经济的核心组成部分，是促进农业增效、农民增收、农村繁荣稳定的基础。抓好抓实村集体经济发展，有利于脱贫攻坚从"输血"到"造血"功能的转变，有利于增强乡村的凝聚力、吸引人才回流、提升乡村干部队伍的整体素质，为美丽乡村建设打下扎实的基础。

三、实现全面小康要培养带头人才

习近平总书记多次指出，实现全面小康要培养好带头人才。基层一线是脱贫攻坚的主战场，是发现和培育带头人才的主阵地。第一书记、村"两委"要将此项工作抓紧抓实，促使能人大户发挥带头引领和辐射影响作用，进一步团结和激发身边群众，坚定信念、提振信心，积极主动巩固脱贫成果，迈向小康。

梨果为基抓增收　帮扶有力促脱贫

——省人大常委会副主任、临汾市委书记岳普煜帮扶隰县无愚村纪实

背景导读

　　无愚村位于隰县寨子乡南塬，距隰县县城20余公里，辖杏树腰等5个村民小组，全村共有277户910人，耕地面积3800.8亩，以种植梨果为主。2017年底，未脱贫35户100人，贫困发生率10.9%。该村因梨果产业配套设施不完善，梨果管理粗放，导致产量低、品质差，群众收入不高，脱贫步伐较为缓慢。

　　2018年春，山西省人大常委会副主任、临汾市委书记岳普煜帮扶该村以来，认真贯彻落实习近平总书记扶贫工作重要论述精神，把帮扶工作放在心上、抓在手上，先后多次到该村调研，实地入户走访，召开"四支队伍"座谈会，分析致贫原因，提出脱贫路径，解决通路、通水等实际困难。

　　在岳普煜同志的关心支持和大力推动下，在"四支队伍"和贫困群众的共同努力下，无愚村村容村貌、基础设施发生了较大变化，村民人均可

支配收入从2017年的7500元增长到2018年的8200元，贫困群众的生产生活水平有了一定的提升，实现了整村脱贫。

主要做法

一、加强党建引领，党员带民致富

加强基层组织建设是打赢脱贫攻坚战的关键。岳普煜同志在包扶工作中，多次强调要以党建为引领，充分发挥党支部的战斗堡垒作用，党员的先锋模范作用。无愚村一是抓好支部班子成员建设。结合村"两委"换届，实施"能人引领"工程，对现任村干部采取择优留任，优先推荐农村中涌现出的致富能人、优先引进进城务工经商人员等进入村"两委"班子，农村致富能手当选农村"两委"骨干占到总数的60%。二是优化组织设置。全面推行"支部+农民专业合作社+农户"模式，引导村党组织创办领办专业合作社，组建产业党支部，扶持建立产业基地，实现了"支部建在产业链、党员聚在产业链、群众富在产业链"。三是强化日常管理。建立轮班值守制度，村"两委"班子成员每人每月至少10天轮流在活动场所值班，实现办公常态化；建立"周一活动日"制度，将每月的各个周一依

岳普煜同志同村干部、驻村工作队、第一书记、村民代表座谈

岳普煜同志入户了解贫困户家庭情况

次确定为支部集中学习日、主题党日、党费交纳日、支委会议日，实现活动常态化；建立活动场所管理制度，村级活动场所均有专职管理人员，负责日常卫生及设备设施管理，实现管理常态化。四是实现村集体经济破零。安装300千瓦光伏发电站1座，2018年5月份并网运营，年可为村集体增加收入35万元，2018年增收12万元。

二、驻村调研帮扶，提出脱贫思路

岳普煜同志包扶无愚村后，多次深入无愚村，进农户，看望贫困群众，了解脱贫措施落实情况，与干部群众围绕贫困县退出14项指标和村退出的13项指标，尤其是隰县今年脱贫"摘帽"工作，贫困户"两不愁、三保障"的指标要求，逐项逐户对照检查，深入查找问题，做到了因村施策，因户施法，户户有研判。

深入贫困联系帮扶户家中，详细询问生产生活情况，了解帮扶措施落实情况，鼓励他们坚定脱贫信心，通过新栽或高接换种优良梨果品种，发展林下经济，为梨果增收、产业致富打下基础，实现稳定脱贫。

深入果园，详细了解全村梨果产业发展情况，看果树长势，看果农管理，看配套设施，推出了"狠抓梨果产业发展，提高精品意识，帮扶品种更新换代，加大配套设施投入力度，提供产前、产中、产后服务，实现村民增收致富"的梨果脱贫思路，有力推动了无愚村梨果产业发展。

三、帮扶梨果提档升级，让整村脱贫有支撑

在帮助村里完善梨果产业发展思路的同时，岳普煜同志立说立行，从抓村民梨果管理技术入手，推动无愚村梨果产业提档升级。他亲自联系省首席水果专家牛自勉来无愚村为果农进行果树管理技术培训。在专家的推动下，2018年无愚村发放树苗1万余株，配发化肥20余吨，打坑栽树1万余株，高接换优200余亩，种植林下经济300余亩，栽种补偿11万余元。郑某某是一名贫困群众，在不断地学习实践中成为一名果树技术能手，2018年牛自勉教授来无愚村两次，他都认真听讲，虚心请教，技术得到大幅提高，不仅自家的果园得到很好的管理，收入得到增加，还为其他贫困户修剪果树，并受聘外出为邻村修剪果树。2018年，无愚村全村梨果面积发展到2800亩，其中苹果面积1600亩，酥梨面积300亩，玉露香梨面积700亩，全村户户有果园。80%的土地种植梨果，80%的村民从事梨果种植，80%的村民收入来自梨果产业，梨果产业成为无愚村脱贫致富的有效支撑。

四、帮扶配套设施建设，让增收致富有后劲

无愚村上塬路坡大弯多，路面狭窄，道路也损毁严重，导致拉梨果的车进不

岳普煜同志指导规划村内环境整治工作

来，卖梨果的车出不去，梨果价格上不去，村民平时出行也很困难。看到这个情况，岳普煜同志很着急，决定彻底解决基础设施问题。他协调交通、水利等部门，为无愚村争取到了修路、引水资金。2018年9月，对8公里的乡村道路进行了拓宽改造，由原有的3.5米拓宽到5.5米，并全部铺油，现在20吨的大车可自由出入；引水上塬、铺设水网管道2700余米，投资120万元，对村内的泊池进行改造，改善村内蓄水浇地条件，现在全村80%的果园均可浇灌。

五、帮扶贫困户建果园，让贫困户致富有奔头

王某某是岳普煜同志的包联贫困户，因残致贫，不能劳作。她家有果园18亩，有部分老树，有部分新栽树。岳普煜先后3次去她家，针对她家的情况和村干部、第一书记、驻村工作队制定了相应的帮扶措施，把重点放在帮扶她儿子建果园、改老树、学技术、增收入上，让她儿子收入增加，有能力照顾赡养老人。县乡果业部门为王某某的儿子提供农膜、纸袋，带他到陕西洛川县果园参观学习，帮他制定精品苹果生产标准。功夫不负帮扶人，2018年王某某儿子的果园尽管春天遭受冻灾，梨果收入仍然达到21000元，家庭人均3500余元。目前，无愚村贫困户家家有果园，其中10亩以上的有17户，20亩以上的有7户，针对每个贫困户果园均有帮扶措施，使贫困户实现了收入有保障，脱贫不用愁。

六、帮扶改善村容村貌，让村民有干净整洁的人居环境

生态果园稳增收

看到无愚村"脏乱差"现象较严重，岳普煜同志和村"两委"干部、第一书记、驻村工作队商量，对村内重新规划，新修垃圾房，固定保洁员定期收集处理。2018年以来，全村老少齐动手，一场农村环境整洁攻坚战在无愚村打响。几个月

来，村内到处都是清理环境卫生，建设美丽乡村的身影。清除村内柴堆、粪堆、煤堆、草堆36处；栽种7个品种，1300余株绿化树木，铺设草坪600平方米，安装木栅栏600余米；改造群众院落土墙54户，1380米；硬化了村内巷道28条，1680米；填埋脏土坑10多处，新建垃圾池2个；清理废弃厕所7个，建成公厕3个；改造危房13座；组建村级保洁队伍5人，实现了无"脏乱差"死角。村容村貌大为改观，农民群众的生活质量和幸福指数大幅提升。村民们说："岳书记抓这项工作抓到了点子上，我们是赶上好时候，有福气，心里真美气。"

启　示

一、坚持站位全局，把牢正确方向

脱贫攻坚是习近平总书记最牵挂的事，是各级党委、政府必须完成的政治任务。在推进脱贫攻坚中，必须坚持以习近平新时代中国特色社会主义思想为指导，认真学习贯彻习近平总书记扶贫工作重要论述精神，以习近平总书记亲力亲为抓脱贫攻坚为榜样，坚守职责使命，强化责任担当，不折不扣把中央和省委的各项决策部署贯彻到底、落实到位。

二、坚持组织引领，强化工作保证

农业要强、农村要美、农民要富，归根结底要靠千千万万个农村基层党组织发挥领导核心作用。村党支部在脱贫攻坚工作中，切实发挥核心引领作用，自身过得较硬，敢于吃苦奉献，对广大党员群众有凝聚力、引领力，有力推动了党的路线方针政策和决策部署在无愚村得到全面贯彻、全面执行。

三、坚持精准方略，靶向精准发力

精准扶贫，贵在精准。梨果产业是无愚村的主导产业，是无愚村脱贫的主要保障。无愚村以"一切围着产业转，一切朝着产业干，拉长梨果产业链，增收致富有保障"为脱贫攻坚工作方略，精准扶持贫困户发展梨果，保证村民及贫困户既有"产业"又有"收入"，既有脱贫的"底气"又有脱贫的"锐气"。

四、坚持群众主体，提升内生动力

坚持扶志和扶智相结合，"送政策""谋产业""授技能"相结合，在工作中引导贫困户树立"只要有信心，黄土变成金"的思想，从转变贫困群众的思想观念入手，积极培养贫困群众的自信心和奋斗精神，帮助他们克服依赖心理、提升致富技能，努力做到精准扶贫、精准脱贫，确保贫困家庭户户有产业、持续有增收，人人有干劲。

300千瓦村级光伏电站

省领导情深意切指示　贫困村真抓实干脱贫

——省人大常委会副主任、忻州市委书记李俊明帮扶

偏关县高家上石会村纪实

背景导读

高家上石会村位于偏关县城南约10公里处，全村共有236户687人，有劳力385人，党员24人，低保户14户，五保户2户，其中建档立卡贫困户75户182人。全村总面积2735亩，耕地面积1434亩，山高坡陡，丘陵起伏，沟壑纵横、土地贫瘠、资源匮乏。近两年来，省人大常委会副主任、市委书记李俊明同志肩负省领导帮扶贫困县如期脱贫的责任使命，站在偏关脱贫攻坚如期决战决胜、深度贫困县不落后走在前的全局高度，依托省电力公司驻村工作队光伏扶贫专业优势，通过抓产业、抓基建、抓政策，夯实脱贫支撑，奠定振兴基础，扩大惠民效益。2017年，全村人均可支配收入达到6000元，实现了整村脱贫。如今的高家上石会村人正满怀信心，朝着"物质富裕、精神富有"的康庄大道大踏步迈进！

李俊明同志深入田间地头调研农业产业项目

主要做法

一、抓产业，夯实脱贫支撑

精准帮扶不再是"输血"式的"给钱给物"，而是要强化贫困户的"造血"机能。李俊明同志带着"领袖嘱托落实得怎么样，决战贫困成效怎么样，群众满意度怎么样"三个关切，走进基层听民意问情况，立足村情实际和贫困程度，指导该村制定了四项产业脱贫规划：一是引才增智做大做强梨果产业。李俊明同志紧紧抓住了该村人均1亩梨树经济林的资源优势，联系省农科院果树研究所专家和原平农校技术团队，帮助梨农对原有的780亩梨园实施了改造和土壤改良，为老梨园提质改造发展新品种打下了基础。同时，为老梨农聘请了文水育梨专家实施常年培训，全村35岁以上的梨农全部掌握了育梨技术。2018年，在李俊明同志的关怀下，全村又新栽植高品质玉露香梨树220亩，筹资88万元，实施了梨园灌溉项目和灌溉配套设施，筹资60万元建成2个30万斤储藏能力的储藏窖，筹资35万元定制包装箱、梨套袋等，进一步提升了该村梨的品质品牌，打通了销售渠道，实现了提质增收。二是借光增收发展光伏扶贫项目。李俊明同志

148

了解到高家上石会村有发展光伏的自然禀赋优势，推动驻村工作队省电力公司和偏关县供电公司发挥专业优势，帮扶该村发展光伏产业，已建成投运的村级联合电站100千瓦，年收入在15万元左右，带动贫困户户均增收1200元；为71户贫困户建成屋顶光伏4000瓦/户，前五年扣除贷款后每年收入2900元左右，后五年扣除光伏公司投资后，年收入4900元左右，十年后每年扣除700元设备维修费后每户每年收入在5600元左右。三是物尽其用创新发展柠条饲料产业。为充分利用该村柠条资源大力发展饲料产业，李俊明同志促成该村集体与偏关县祥农饲料有限公司达成合作协议，村集体参股经营，加工生产草粉、草块和草颗粒等羊饲料，柠条利用率达95%。同时，通过柠条与青干草粉、秸秆粉、玉米粉、微量元素等配合成混合饲料。筹资18万元为整村修建3.6公里的柠条采集作业道路，极大地提高了运输效率。四是并驾齐驱发展农牧产业。李俊明同志一再强调，"扶"是外力，激发群众内生动力，才是打赢脱贫攻坚战的核心与根本。截至目前，全体全村杂粮种植600多亩，自主养羊400余只、补贴范围内养羊14户140只，自主养猪25头、补贴范围内养猪4户12头，养鸡28户480只。按照当前高家上石会村可以看见的收入和当年能拿到群众手上的收入计算，贫困户的人均可支配收入远远超过脱贫标准线。

二、抓基建，奠定振兴基础

李俊明指出，脱贫致富修路要先行，配套要到位，规划要长远。修路造通途。为全面推进该村"四好公路"建设，李俊明同志指示相关部门

李俊明同志对卫生室及配套情况进行调研

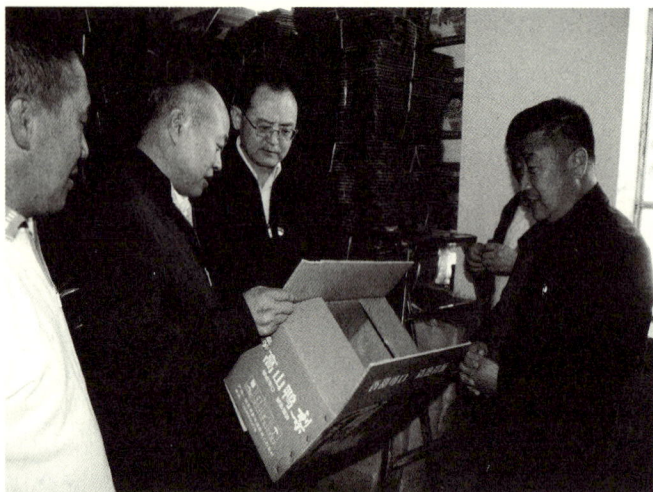

李俊明同志听取高家上石会村梨产业发展情况

群策群力，筹资204万元，新建该村通往神河高速长5.1公里宽4.5米的链接线道路，同时完善了道路排水和两旁行道绿化配套设施。基础强配套。李俊明同志第一次走进高家上石会村调研时，看到的不是高低起伏，就是弯弯曲曲，不是丘陵就是沟壑，不是上坡就是在下坡。正可谓"山高石头多，出门就爬坡，地无三尺平，年年灾情多"。第一时间指示基层干部要强化老百姓生活起居配套设施，截至目前，在李俊明同志的支持下和县委、县政府的帮扶下，该村全村住房达到安全住房的标准，筹资9.4万元改造了村级卫生室和文化室，配套了文化广场体育器材；筹资38.6万元，新建供水点3座，100立方米蓄水池1座，引来全村老百姓的连声叫好。振兴先规划。为实现高家上石会"产业兴旺、生态宜居、乡风文明、治理有效、生活富裕"的乡村振兴战略目标，李俊明同志指示相关部门聘请了四川中道农远建筑工程设计有限公司，对整村提升进行了整体规划设计。筹资500万元，补修了村内街巷道、处理了断垣残壁、安装了路灯，整修了村民院落墙壁等，村容村貌得到大幅度提升。

三、抓政策，扩大惠民效益

李俊明同志自包联高家上石会村以来，时刻牵挂着该村75户贫困户，通过研究各项扶贫政策，为贫困户增收提供信息和机会。政策扶贫保权益。李俊明同志通过联系林业局，为1户贫困户提供了生态护林员就业机会，年增收6000元；帮助5个贫困子女纳入"雨露计划"，为贫困子女在校期间争取到补助 2000 元/年，帮助学前教育和高中阶段的学生享受教育扶贫，通过政策兜底和农村低保共保障了 9 户 16 人，实现了应保尽保。健康扶贫保覆盖。高家上石会村建档立卡贫困户 75 户 182 人。其中，因病致贫户 29 户 59 人；重病兜底保障 3 人，大病集中救治 4 人，慢病签约服务 52 人。李俊明同志指示相关部门为高家上石会村 203 户 608 人建立健康档案，相关部门与该村村民签约家庭医生服务。目前建档管理 0—6 岁儿童 20 人，育龄妇女 142 人，老年人 87 人，高血压患者 46 人，II 型糖尿病患者 6 人，严重精神障碍患者 2 人。为让村医更好地服务居民，他号召新建了一所标准化村卫生室，增派了一批常用医疗设备，从根本上满足了居民日常疾病预防、治疗、保健的需求。相关部门在李俊明同志的指示下，多次积极开展健康扶贫政策宣传、基本公共卫生服务、基本医疗义诊服务，累计服务 700 多人次。文化扶贫保需求。为响应李俊明同志的文化扶贫倡议，县文化局为高家上石会村配备了健身器材、锣鼓、音响等设备，省电力公司捐赠了电脑、打印机、投影仪等设备，基本满足了群众开展文化活动的需求。

举办科技扶贫梨树知识培训

启　示

偏关县高家上石会村在脱贫攻坚过程中，根据村域实际，靶向最困难的贫困户，通过强梨园、建光伏、造柠条饲料、推农牧、修公路、建配套、搭建干群连心桥等一系列脱贫措施，充分彰显了省领导干部包联脱贫的党性、智慧和感情，取得了较好的脱贫效益。脱贫成果可借鉴、可推广，有三点启示。

一、发展脱贫产业，既要立足本地，又要抢抓机遇

偏关县高家上石会村能够从国家深度贫困县的一个特困村变成"物质富裕、精神富有"的小康村，靠的是李俊明同志立足村情，做大做强梨果产业，创新发展柠条饲料产业，发展杂粮、养殖农牧产业，保障了农业增产增收，抢抓机遇，帮扶发展光伏产业。实践证明，做大基础优势，做新发展项目，脱贫产业才有多元支撑，为群众栽下日益枝繁茂密的"摇钱树"。

二、配套基础建设，既要抓好当前的，又要抓好长远的

高家上石会村能够成为全县宜居乡村，靠的是李俊明同志指导下修建的乡村配套设施；其农产品能够运出去，靠的是李俊明同志指示下修建的通往神河高速的连接线公路。实践证明，夯实脱贫基础建设，既要解决贫

营造脱贫攻坚浓郁氛围

支部结对攻坚,增强脱贫信心

困群众出行难、用电难、安全饮水难、农田灌溉难、看病就医难等迫切问题,又要在城乡一体化发展中,实现交通等重点项目倾斜,全面改善贫困乡村生产生活条件。

三、发挥政策惠农优势,关键是学好政策,精准落户

李俊明同志在包联高家上石会村期间,急农民之所急、想农民之所想,研读各项惠农政策,想方设法为老百姓增收出谋划策,如贫困子女纳入"雨露计划"解决了上学难的问题,生态护林为百姓增收6000元等。实践证明,发挥政策惠农优势,要实实在在学好惠民政策,并在精准落户上下功夫。

出实招 扶真贫 千方百计带动贫困户增收

——副省长王一新帮扶岚县普明镇前祁村纪实

背景导读

岚县地处吕梁山集中连片特困地区，是国家扶贫开发工作重点县，2014年建档立卡共识别贫困村112个，贫困户21100户66272人，贫困发生率37.3%，脱贫攻坚任务非常艰巨。

王一新同志与市县、乡、村基层干部群众交流座谈

王一新同志走访贫困户

2016年，按照省委的统一部署，副省长王一新帮扶岚县普明镇前祁村。前祁村2014年建档立卡贫困户76户207人，贫困发生率44.5%。三年来，王一新多次深入帮扶点，与县、乡干部共商产业脱贫之路，探讨稳定脱贫长效机制，鼓舞贫困群众脱贫信心，帮助激发内生脱贫动力。他和当地干部群众通力配合、攻坚克难，2017年前祁村实现了整村脱贫，农民人均纯收入达到5580元。岚县县域经济全面提升，脱贫攻坚攻势强劲，攻坚期内110个村、6万余名贫困群众实现脱贫，贫困发生率降低到0.57%。

主要做法

一、发展支柱产业壮大县域经济

只有壮大县域经济，才能实现稳定脱贫。王一新与县里的干部一起，对照脱贫攻坚各项指标，认真细化任务清单、措施清单，多次进车间、入农户、下地头，一线了解当地企业经营状况，用心倾听干部群众诉求，围绕特

王一新同志在前祁村正在建设中的小杂粮加工厂调研

色产业专题调研，梳理出了发展主导产业、壮大县域经济的思路和途径。

一是产业指路。在深入调研的基础上，提出"深挖资源优势，延伸产业链条，发展新型产业，注重转型升级提质"的市场化发展理念，岚县的发展有了新思路和新方向。在园区改造升级中，王一新同志和大家一起研究方案、一起推进工作，经过多方努力，10月17日，岚县省级经济技术开发区获批，为转型项目落地岚县搭建了重要载体。栽好梧桐树，引得凤凰来。随着岚县赴海南、天津等地招商引资活动的开展，劲霸男装等知名企业陆续慕名而来，到岚县考察投资，岚县外向型经济新引擎正在形成。

二是电商引路。省里的电商扶贫政策不少，王一新和县里的同志一起梳理，提出要把政策用好用足。经过努力，岚县争取到了1500万元创建国家电子商务进农村示范县。目前县级电商服务中心已投入运营，全县167个行政村实现村级站点全覆盖。全县在淘宝、京东、苏宁等开设店铺达200余家，同时创新"电商平台+合作社+农户（贫困户）""公司+平台（生产企业）+农户"的新模式，为岚县电商扶贫打开了新的销售模式。近三年，全县网上销售农产品金额达9400万元，带动150余户贫困户户均增收1300元。

三是广开销路。土豆是岚县的名片，全县种植面积在30万亩以上，总产量达45万吨。好产品要打出去才有效益，但由于交通、市场等因素，岚县土豆品质高但价格低、销售难。王一新同志和县里的干部多次商讨对策，决定到省城去闯市场，不能在吕梁山上打转转。经过多方努力，岚县土豆成功登陆太原美特好超市、河西菜市场，30多家企业到岚县订购土豆，销量猛增。漫山遍野土豆花开，也能开发成旅游产业，在王一新的提议下，县里正在谋划增设旅游班车，搞特色旅游。

二、壮大村集体经济这个基石

过去的前祁村，"脏、乱、差"严重，水、路、网不通，基础设施建设严重滞后，农民致富空间狭窄，干群矛盾突出。2017年1月，王一新来到前祁村，参加了县、乡、村、驻村工作队座谈会，广泛走访贫困家庭，认真听取群众意见，与群众一起认真分析存在的问题。按照新确定的"支部+合作社+农户"模式，前祁村开始发展谷子种植、小米加工、油用牡丹种植等产业，2017年实现了整村脱贫。

一是整村貌。王一新同志帮扶前祁村后，和大家一起重新规划了村里的布局。在县里的支持下，经过全村人的努力，前祁村有了村级组织活动

晋胶驴业岚县毛驴养殖示范基地举行开工奠基仪式

阵地，村卫生室、宴会厅、文化活动场所也建起来了，开通了乡村e站，路、水、电、网配套也完善了，太阳能路灯亮起来了，日间照料中心管饭吃、可娱乐，"脏、乱、差"问题不见了，17名80岁以上的老年人乐开了花，29户孝老敬亲文明户也受到奖励，勤劳致富的村风渐成时尚。

二是抓产业。以前的前祁村没有产业支撑，村集体经济没有收入，脱贫攻坚没有抓手。王一新同志认为："产业发展是脱贫的支撑，要结合村情实际发展产业，壮大集体经济。"干部群众对此深刻认同。前祁村的谷子远近闻名，省里的技术员专门来给村民讲授技艺、调配谷种。村里发展了渗水地膜富硒谷子400亩，覆盖全村50户贫困户，亩均增收270元，成为前祁村的重要产业。村集体成立了百川种养加农业专业合作社，吸纳76户贫困户入社，形成"村委+合作社+贫困户"的脱贫攻坚新模式，新建小杂粮加工厂、毛驴养殖等产业，每年每户分红500元。19户贫困户每户贷款5万元，"带资入企"继亨铸造有限公司按季分红，2年合作期间每户可分红6980元。村里还搞起了油用牡丹、中药材种植和特色养殖，条条致富路，户户可增收。

三是树品牌。为了扩大生产规模，扩大营销市场，王一新同志提议要多树几个品牌才有市场。2018年9月份，前祁小杂粮加工厂取得了SC证，

组织村党员干部瞻仰毛泽东同志旧居

形成了"前祁老黄谷""百川小米"等品牌，并将小米销售到太钢集团、省城各大超市和大型酒店，形成了稳定的营销市场，销量大增，有效推动了前祁小杂粮加工厂的可持续发展，步入了良性循环轨道。

三、千方百计带动贫困户增收

王一新同志认为，脱贫最关键的是要找准致贫原因，然后对症施策，采取接地气、好操作的脱贫措施。在调研中他发现，教育致贫是不少困难家庭的贫困主因。

以他结对包扶的李某某家为例，家里有3个孩子，大女儿两年前中专毕业，二女儿上高三，还有一个小儿子上初中。3个孩子上学，收入少、子女多、上学开销大，这是"穷根"。症结找到了，就从两方面着手，一方面帮助毕业的孩子找到合适的就业机会，另一方面帮助家庭增收。村里不少困难家庭子女到了毕业找工作的阶段，王一新同志给村委会提议，根据专业技能分类列出求职需求，他和大家一起搜集就业信息。

经过两年的包扶，王一新同志结对的两户困难家庭，已经很有起色。李某某的大女儿找到了工作，自己也通过培训学到了新技术，种植的土豆、谷子和玉米都长势不错。他还用5万元扶贫贷款入股了集体企业，每月都有稳定的分红。另一贫困户李大婶一家也靠学技术、参股村办企业实现了增收。

不仅是李某某和李大婶，前祁村的76户贫困户都在学技术、搞企业中尝到了甜头，甩开膀子走上增收路，2018年全村实现脱贫，农民人均纯收入达到5580元。

王一新经常嘱咐县里乡里的同志，要把加强对脱贫攻坚工作的领导与调动贫困群众积极性结合起来，让大家克服"等、靠、要"思想，在脱贫致富奔小康的进程中，确保贫困群众一个都不能落下。

如今的前祁村干群关系很融洽、集体经济可持续、群众生活有保障，乡村面貌大变样，成为远近闻名的致富样板村。

启　示

一、高度的政治责任感是打好脱贫攻坚战的保障

脱贫攻坚是首要政治任务，是我们的职责使命。脱贫攻坚必须要提高政治站位，强化责任意识，充分利用好国家的扶持政策，凝聚各方力量，主动作为，用心帮扶，把党的关切关怀传递到群众当中，为群众脱贫致富提供坚强保障。

二、思想脱贫是打好脱贫攻坚战的基础

扶贫必先扶志，思想上脱了贫，才能在物资上脱贫。精准扶贫就要经常深入群众中，与群众谈心唠家常，了解群众的真实想法，解开群众思想上的"疙瘩"，激发群众的内生动力，摆脱"等、要、靠"思想，实现"要我脱贫"向"我要脱贫"的思想转变，为打赢脱贫攻坚这场硬仗奠定坚实基础。

三、产业发展是打好脱贫攻坚战的关键

产业是贫困户稳定增收、摆脱贫困的原动力，是精准脱贫的关键所在，扶贫就要扶产业，要立足当地优势资源，深入谋划特色产业，千方百计谋求产业发展，实现扶贫由"输血"式向"造血"式的根本性转变。

党建有活力　脱贫有动力
——副省长张复明帮扶方山县代居村纪实

背景导读

代居村位于方山县积翠乡西南部，距县城12公里，距太佳高速方山口1公里，209国道沿村穿过，交通便利，区位优越。全村耕地面积812亩，共有185户440人，常住108户258人。2017年人均可支配收入4461元。

代居村2014年建档立卡之初，建档立卡贫困户147户382人，贫困发生率83%。近年来，在张复明副省长联系帮扶和精心指导下，代居村因地制宜制定了五年发展规划，高起点、高标准、高质量制定了脱贫攻坚"任务书、时间表、施工图"，精准细致有力有效推进各项工作。在各级各方的大力支持下，代居村贫困户的思想观念不断转变，村级基础设施条件全面改善，扶贫产业增收效应持续显现，干部群众整体面貌焕然一新。2017年贫困人口全部脱贫，贫困村退出。

张复明同志与村"两委"干部座谈

主要做法

一、全面夯实党建基础，提升"两委"战斗力

基础不牢，地动山摇。农村党支部作为党在农村最基层的组织，是村级各种组织和各项工作的领导核心，如何更好地担负起管党治党责任，打造高素质农村干部队伍，发挥党员干部先锋模范带头作用。张复明同志首次驻村就带着这一问题与村"两委"班子及党员代表、村民代表进行了交流，并专门提出了要求。一场改头换面、脱胎换骨的改变就这样在张复明同志的指导下全面展开。代居村党支部把提高党员素质、提高党支部的凝聚力和战斗力作为党建工作的着力点，坚持"三会一课""四议两公开"、主题党日和党员述职评议等基本制度，以"亮诺、承诺、践诺"活动为抓手，营造党员干部与群众团结奋进的良好氛围。以"主题党日"为载体，开展廉政教育、重温入党誓词等形式多样的党性教育，让代居村"两委"班子形成了"会前交流、会中讨论、会后落实"的良好氛围，以及"以制度管人、按规章办事"的运行机制，保证了党支部决策的民主化、制度化和科学化。村党支部连续三年被评为市、县"五个好"农村党支部。在"三基建设"工作、全县

2018年基层组织整体提升年活动工作中成绩显著，多次受到上级表扬。

二、坚持发展共享理念，提升群众获得感

张复明同志在驻村工作中，多次指导帮扶单位与村"两委"对扶贫政策的宣传与落实，大力宣传脱贫攻坚和强农、惠农、富农各项政策，坚持"造血"与"输血"结合、扶志与扶智并举，着力解决贫困户教育、医疗、住房等实际困难与问题。他说："党的工作说到底是要通过发展改善广大群众的生产生活条件，让他们共享发展成果，从而提升他们的获得感、幸福感。"代居村在狠抓支部建设的基础上，加快补齐各项硬件，集中开展了基础设施大提升工程。2017年以来，先后争取、协调、整合各类资金120余万元，为村里安装路灯34盏，修筑河坝200米，土地整理垫地40亩，修建100吨蓄水池1座，建成文化活动广场1200平方米、文化舞台140平方米、文化活动室90平方米、卫生室60平方米、综合文化墙200平方米、排洪渠80米，粉刷墙面5000平方米，新建卫生公厕1座、集中移民区附属煤仓38个，道路两边及文化活动广场周边绿化1200株，修建水源井1座，对村级组织活动场所进行了维修，对村内2.5公里道路进行了升级

张复明同志走访帮扶贫困户李兰平家

163

张复明同志调研生猪养殖产业基地

改造，对损毁的田间路进行了维护，重新修缮了自来水管道，修建通往田间的小桥1座，完成了网络改造提升工程，全村基础设施档次水平显著提升，成为全县脱贫攻坚基础设施建设的示范点。

三、加强产业引领带动，提升脱贫长效性

"脱贫离不开产业支撑。"张复明同志常说。代居村依托资源优势，大力发展特色种养产业，帮助贫困户销售土豆2万余斤，增加贫困户收入5万余元，较传统种植人平均增收500元；成功举办了代居村首届种植马铃薯比赛活动，进一步宣传了特色种植增收效应；村"两委"组织实施了林下仿野生双孢菇试种，取得了明显效果。在张复明同志的指导推动下，代居村成立了首个农林牧专业合作社，以贫困户入股为主，带动贫困户在种植、养殖、植树造林等方面增加产业收入。围绕"一村一品一主体"，建立"五有"（村有产业、有带动企业、有合作社、贫困户有项目、有劳动能力的有技能）产业机制，进一步推动产业项目建设。投资100万元建成200头规模的肉牛养殖场1座，进一步推动项目的实施，对发展村集体经济与贫困户利益联结相结合的托管养牛模式进行有效探索。投资80万元建成600头规模的生猪养殖场1座，按照"村集体+企业+贫困户"的方式统一进行运营管理，吸纳贫困户以多种方式量化入股分红，建立起脱贫产业与贫困户利益联结紧密的机制，持续增强脱贫发展后劲。代居村已成为全县

164

特色产业发展示范村、发展村集体经济示范村。

代居村还开展了护工护理、手工编织、养牛技术等技能的培训。贫困户在食用菌种植基地就近打工就业10余人，北京、太原等地从事装潢、运输、餐饮等行业外出打工80余人，直接增加了贫困户家庭收入。在基础设施工程施工中，施工工人全部来自本村建档立卡贫困户，直接带动贫困劳动力26人，累计获得工资性收益38万元，平均每人14600元。

百舸争流，奋楫者先；千帆竞发，勇进者胜。而今的代居村，"一村一品一主体""村集体+企业+贫困户"等一系列的扶贫模式成果累累。人民安居乐业，事业全面进步，一个和谐、绿色、富裕、文明、美丽的代居越来越展现出迷人的风采，让人们刮目相看！

启　示

代居村在2017年实现了整村脱贫，在全县脱贫攻坚指标考核中多项内容引领示范，为全县2018年实现退出"摘帽"发挥了样板作用。

驻村干部深化主题党日活动

一、夯实基层组织，打造脱贫攻坚战斗堡垒

习近平总书记多次指出，要把夯实农村基层党组织同脱贫攻坚有机结合起来，越是进行脱贫攻坚战，越是要加强和改善党的领导。因此，一定要加强村干部队伍建设，选优配强党支部书记，健全后备干部的培养选拔机制，解决好"干好干坏一个样"的问题，培养基层干部敢于斗争、敢于较真碰硬。

二、扶贫要先扶志，增强群众自身发展动力

通过政策的宣传，引导群众积极参与脱贫攻坚，发挥发展内因作用，增强脱贫的思想觉悟和责任意识，形成"输血"脱贫与"造血"脱贫结合、帮扶脱贫与主动脱贫的强大合力，扶贫政策和措施才能落地生根开花。

三、加大扶贫投入，强化资金支持

驻村干部走访慰问贫困群众

在脱贫攻坚与乡村振兴战略中，无论基础设施、产业发展、人居环境改善、公共服务提升都离不开资金的投入保障。多方筹措资金，强化资金支持，代居村实现全面提升，脱贫工作取得明显成效。

帮扶建设的生猪养殖场

抓党建龙头　促脱贫攻坚
努力建设富裕文明和谐美丽乡村

——副省长贺天才帮扶汾西县僧念村纪实

背景导读

汾西县是国家级扶贫开发工作重点县，土地面积880平方公里，辖9个乡镇（社区）、126个行政村（居委会）、427个自然村，总人口15万人，其中：农业人口13.2万人，建档立卡贫困人口14166户41670人，到2018年底，脱贫10456户32164人。僧念镇僧念村位于汾西县南部，辖僧念、塞沟堰、后辛庄3个自然村，耕地面积2600余亩，林地面积700亩，全村农业人口712户2228人，其中建档立卡贫困人口312户881人，贫困发生率39.5%。长期以来，僧念村因资源匮乏、土地贫瘠，农业生产"靠天吃饭"，农民群众主要以种植、养殖、外出务工为经济来源。2017年以来，在贺天才副省长的关心支持下，僧念村探索出"党建引领促脱贫、村社联动强产业、夯实基础创环境、激发动能增活力"的扶贫模式，靶向用力，精准施策，干群同心，攻坚克难，取得明显成效。

主要做法

一、党建引领促脱贫，注重"学思悟行"

贺天才同志2011年担任省科技厅厅长期间，科技厅定点帮扶汾西县，对汾西县的情况有充分的了解、对汾西人民有深厚的感情，更深刻领会"抓好党建促脱贫"的重要性、"检验党建看脱贫"的导向性。贺天才同志联系帮扶僧念村以来，多次嘱咐村"两委"干部和驻村帮扶工作队，要坚持以"三基建设"为重点，通过"学思悟行"抓党建，在脱贫攻坚过程中发挥党建龙头作用。"学"，就是要深入学习领会习近平总书记关于扶贫工作的重要论述，明确"消除贫困、改善民生、实现共同富裕"的目标要求，强化"村民富不富、关键看支部"的责任担当，把握"扶贫开发贵在精准、重在精准、成败之举在于精准"的方法措施；"思"，就是要深入农户、深入实际，研究和思考村情民情，一户一人地分析和研判致贫原

贺天才同志深入汾西县勃香镇移民新村指导工作

贺天才同志深入汾西县僧念村贫困户家中走访

因，因村施策、因户施策、因人施策，对症下药，靶向治疗；"悟"，就是要把中央、省、市的工作要求、政策措施领悟明白、掌握清楚，把扶贫政策的"源头活水"灌溉在基层实践的"土壤"中去；"行"，就是要勇于行动、善于行动、快速行动，只要是党支部研究确定的事情，要争分夺秒去实施、去落实，不能贻误扶贫的良机、错失发展的机遇。在贺天才同志的精心指导下，僧念村党支部的凝聚力、战斗力明显增强，班子成员掌握政策的能力、扶贫实践的能力明显提升，形成了谋产业、促发展、保增收的强大氛围，得到全体农民群众的认可和好评。

二、村社联动强产业，突出"站储加养"

产业兴则农村兴，没有产业，脱贫攻坚就是无源之水、无本之木。僧念村如何发展致富产业，贺天才同志通过自己在汾西多年扶贫的实践，有独到的、深刻的、精准的想法和思路，在与村干部和群众的座谈中，他指出：光伏产业是国家扶持的产业，建设周期短、见效快，可以先行先试建设；科技厅在汾西扶贫期间，采取"资金入社、土地入股、农民入园"的办法，支持建设了万亩绿色、优质玉露香梨基地，即将进入盛果丰产期，僧念村土地贫瘠，但交通便利，我们可以从玉露香梨生产、销售的环节着

贺天才同志深入僧念镇政府指导"三基建设"工作

眼，也采取"资金入社、农民入股、加工入企"的办法，发展冷链产业。
这一思路，催生出僧念村"一站、一储、一加、一养"的产业发展新格
局。"一站"，就是建设光伏扶贫电站，投资450万元，建成300千瓦村联
村光伏电站1座、100千瓦村级光伏电站两座、5—20千瓦不等的户用光伏
20户200千瓦，年纯收益65余万元，既实现了集体经济破零，又带动了60
户贫困户稳定增收，户均收益1万余元。"一储"是建设果品保鲜仓储冷
库，组建了僧念村丰盛源专业合作社，专项扶贫资金入社174万元，农民
入股18万元，建成总库容量100万公斤的果品保鲜仓储冷库1座、榨油厂1
座，冷库包装、分拣、运输、榨油厂加工等岗位，安置就业和收益分红可
带动65户贫困户稳定增收，人均年收入8000元。"一加"是发展订单加
工产业，鼓励支持当地能人赵红耀带动，成立了云鼎祥科技有限公司，引
进深圳电子厂蓝牙耳机和手机装配业务，与贫困户建立利益链接机制，安
置就业31人，人均年收入达到2.5万元。"一养"是发展养殖产业，村委
会通过适度资金扶持、银行贷款贴息、引进技术服务等办法，组织贫困户
发展猪、羊、肉鸡、黄粉虫等养殖产业，带动30户贫困户自主增收脱贫。
"一站、一储、一加、一养"的产业发展，带动186户贫困户稳定增收，初

170

步实现了"村有项目、户有帮扶、劳力可就业"的精准帮扶目标。

三、夯实基础优环境，改善"水、电、路、网"

脱贫攻坚是不是有成效，关键看群众是不是得到实惠、群众是不是满意认可。贺天才同志调研时常常讲："脱贫攻坚既要解决好群众的收入问题，更要改善基础设施，要补齐脱贫短板，打造美丽乡村。"在他的关心和支持下，总投资260万元，改造全村的供水管网，安装了200盏太阳能路灯，新修了僧念村至后辛庄3.8公里"四好"农村公路，架设了200兆农村互联网络。与此同时，配套完善了党员活动中心、便民服务中心、幼儿早教中心、老年人日间照料中心、农家书屋，僧念中学、僧念小学、村幼儿园、村级卫生室、村级文化站、村文化广场、文化墙等，彻底改善了僧念村的人居环境、村容村貌和服务条件，方便了群众生活，活跃了农村文化，凝聚了人心，鼓舞了士气，提升了群众的满意度和获得感。

四、激发动能增活力，扶持"心志智能"

习近平总书记强调"幸福不会从天降，好日子是干出来的。脱贫致富终究要用自己的辛勤劳动来实现"。扶心扶志就是要解决精神贫困问题，对于少数"好吃懒做、安于贫困"的群众，党员干部耐心做工作，通过开展各种形式的宣传教育，引导和鼓励这些群众增强内生动力，打起自主脱贫

举办黄粉虫技术培训，提升脱贫能力

171

开展梨树修剪技术比武，提升脱贫本领

的"精气神"。同时，在三个自然村设立卫生清洁员、护林防火员、交通劝导员、治安巡逻员、民政信息采集员等公益性岗位85个，帮助贫困户守土不离家、靠劳动增收脱贫。扶智扶能就是要解决知识贫困、技能贫困问题，两年来，县、乡、村共资助14万元，扶持24名贫困户子女大学圆梦、改变命运。同时，聘请培训机构开展厨师、护工、家政、电商、电焊等技能培训120余人，全部培训合格并取得资格证书，走上自主脱贫、增收致富的人生新路。

僧念村这个深藏在吕梁山腹地的小山村，已经搭上精准扶贫、精准脱贫的时代快车，迈上富裕、文明、和谐、美丽的康庄大道。

启　示

僧念镇僧念村两年来精准扶贫、精准脱贫的生动实践，总结出一些值得借鉴和坚持的经验做法，主要启示是：

党员干部是精准扶贫"领头雁"。"众雁高飞头雁领"。僧念村脱贫攻坚取得的成效，是省、市、县、乡、村"五级"干部出谋划策、宣传引导、对接帮扶、奋力拼搏的结果。只要各级党支部有效发挥战斗堡垒作用，党员干部始终坚持"四个意识"，充分发挥先锋模范作用，勇于担当，敢于作为，真心实意为群众解难事、办实事、做好事，就能帮助困难群众拔掉"穷根"，带领群众走上致富之路。

农民群众是准精脱贫"主力军"。群众参与是脱贫攻坚好坏成败的关键所在。任何时候都不能忽略贫困群众的主体地位。僧念村产业发展的成效、基础设施的完善、村容村貌的整治、宣传引导的深入，点燃了群众参与的真情、热情和激情，调动了自主脱贫积极性、主动性和创造性，已经形成"我是贫困"到"我不贫困"的思想改变，正在实现"要我脱贫"到"我要脱贫"的现实转变。

落实政策是脱贫攻坚"压舱石"。开展精准扶贫工作以来，中央、省、市、县围绕实现"两不愁、三保障"为目标，从产业、就业、医疗、住房、教育、社会保障等多方面制定了一系列政策，这些政策的落实，让群众得到了实惠。只要我们整合部门力量，加强协作配合，抓好政策落实"最后一公里"，真正做到政策兑现"推开农门门"，就能让贫困群众尽享国家扶贫政策的温暖，实现脱贫攻坚决定性、历史性胜利。

举办文艺活动，激发脱贫热情

综合施策发挥脱贫矩阵效应

——副省长、省公安厅厅长刘新云帮扶神池县大磨沟村纪实

背景导读

神池县太平庄乡大磨沟村位于县城正南8公里，全村174户400人，建档立卡贫困户73户158人，村内常住人口150余人，50岁以上人口占比80%，多为老弱病寡。耕地面积2078亩，坡地900亩，村民以种植土豆、胡麻、谷子等作物为主，畜牧业以养羊、鸡为主。受地理位置和自然环境影响，大磨沟村交通不便、通讯不畅、土地贫瘠、资源匮乏，基础设施和公共服务薄弱，群众生产生活条件非常艰苦，是一个典型的以传统种植、零散务工为主的空巢村和贫困村。

近年来，在省公安厅驻村工作队、第一书记的倾力帮扶下，特别是一年来在刘新云副省长的精心谋划、倾情帮扶和科学推动下，县、乡、村干部团结带领广大贫困群众，通过党建引领、乡村建设、产业推动、文化助力、爱心帮扶等多项举措，持续发力，进一步巩固帮扶成效，大磨沟村气象一新，逐步形成了"抓党建引领带强战斗堡垒、抓乡村建设带强连片产业、抓精神关爱带强内生动力"的"三抓三带"大磨沟村

刘新云同志入户走访

示范效应。村民生产生活水平显著提高，年人均收入从2015年的2760元增长到2018年的3580元。

主要做法

一、牢记扶贫使命，坚守政治初心

刘新云同志高度重视扶贫工作，始终把脱贫攻坚工作作为一项重大政治任务，一以贯之常抓不懈。刚到任一个多月，就亲自赴村研究指导精准扶贫工作。一年来，多次听取驻村帮扶工作情况汇报，进村入户深入调研，与当地干部群众共同研究精准脱贫的办法措施，亲自审定帮扶项目规划，对扶贫工作中的困难，亲自安排、亲自协调、亲自督办。特别是基层群众反映的问题，新云同志多次调度落实情况，协调督促推进。主持召开党委会议，明确了厅党委牵头抓总，机关党委牵头协调，工作队驻村帮扶，厅属各单位结对帮扶的"四级责任机制"，制定出台《山西省公安厅关于对扶贫点开展结对帮扶工作实施方案》《山西省公安厅干部驻村帮扶工作队管理制度》，夯实细化各项帮扶措施。为驻村帮扶工作选派一批优秀青年干部，全脱产驻扎在村里，坚持每月24天工作标准，轻伤不下火线，签订责任状、任务书，挂图作业，建立工作日报、周报、月报机制，

刘新云同志调研指导扶贫工作

实时调度脱贫工作进展情况。要求厅机关各单位与各贫困村贫困户签订结对承诺书，分批次入户走访，建立与贫困户沟通渠道，实现精准对接、稳定脱贫。

二、突出党建引领，筑牢基层堡垒

"村子富不富，关键看支部"。刘新云同志联系帮扶大磨沟村以来，多次与村支部班子成员谈心谈话，要求充分发挥好基层党组织的战斗堡垒和先锋模范作用，鼓励村干部要先行先试、带头致富。新云同志还专门为大磨沟村调拨5万元专项党费和2万元专项扶贫经费，用于帮扶贫困村开展基层党建工作，帮助修建村级组织活动场所，购买政治理论书籍，订阅党建报纸、杂志，打造标准化党员活动室，筑牢基层组织阵地。在新云同志的指导下，村党支部从抓实"三会一课"入手，开展村支部党员教育、专题党日活动，及时发现解决扶贫中出现的政策落实不畅等问题，认真贯彻落实习近平总书记视察山西重要讲话精神和省委"三基建设"的要求，推动党建工作与脱贫攻坚深度融合。同时，省公安厅在大磨沟村成立3人党小组，配合驻村第一书记、村"两委"通过组织联建、治理联抓等方式，着力解决了基层组织软弱涣散的问题，切实增强了村委班子的向心力、村党支部的战斗力，重塑了党组织在村民心中的形象，让党旗在农村高高飘扬。

三、改善人居环境，推动乡村振兴

"炊烟袅袅、红瓦白墙、靓丽新街、树映霞光"，平整的水泥路四通八达，错落的农家小院干净整洁，绿树环绕的文化广场欢声笑语，这是如今大磨沟村的一道风景。刘新云同志亲自研究大磨沟村整村脱贫规划，指出要让美丽乡村建设与脱贫攻坚"同频共振"，整体提升村庄人居环境。他多方协调相关部门，为贫困村解决道路交通、农村照明、村容村貌整治、网络通信等与老百姓息息相关的生产生活难题。大磨沟村翻修1.5公里通村公路，村内16条巷道全部施工硬化，总投资达200余万元，过去尘土飞扬、崎岖不平的道路变成笔直顺畅的柏油马路；对20余间贫困群众的房屋实施危房改造，解决百姓居住安全隐患；铺设通信网络，增设照明设施，改善农村通讯及照明困难；粉刷美化文化墙，种树绿化环境，修建卫生公厕，建立垃圾集中处理点，使大磨沟村脏、乱、差的状况有了极大改善，环境焕然一新。

刘新云同志在村民祁元家中与干部群众座谈

建立扶贫爱心超市，村民免费选用捐赠衣物

在加强硬件功能的同时，新云同志安排省公安厅驻村工作队积极开展农村移风易俗行动，提升软件实力，引导建立农村文明新风。通过探索建立革除陋习、以奖代补激励机制；采取村委监督、村民代表管理，订立村规民约、划定卫生责任区等措施；着力改变农村宴请盛行、好吃懒做、酗酒赌博等陋习；打造老年文化活动室，鼓励村民开展健康有益的文化娱乐活动，群众文化生活从以前单调的"看电视、听广播、打扑克"逐步演变为"看演出、跳广场舞、唱道情戏"，农村文化新风逐步树立，农民的精神文化生活进一步丰富。

四、推进产业联动，盘活集体经济

"抓实抓好抓落实，想全想细想万一"，这是刘新云同志常挂在嘴边的一句话。为了切实解决老百姓的收入问题，实现农村集体经济破零，按照新云同志的要求，省公安厅驻村工作队按照地方党委政府统一规划，根据包扶村资源条件和产业基础，因地制宜、靶向治疗，想方设法盘活集体经济。充分利用毛建茶叶资源优势，投资30余万元建设茶叶及农产品加工厂，逐步形成产业连片效应。为了解决村内老弱病寡居多，劳动力缺失、经营及技术人才短缺，不善经营、不敢经营的问题，通过引进县内个体经营商户，采取分包外包的方式，与农户签订合作协议，实行"合作组织+农户+订单出售"模式，进一步做强、拓展、延伸毛建茶粗加工，茶熟时加工茶叶，淡季加工野菜等农产品，真正把茶厂利用起来。今年以来，新云同志专门协调落实27万元资金，为村内购置玉米收割机、拖拉机、打捆机等大型农机设备，建立以22名村党员干部为核心的合作集体，激发了农村产业活力。在新云同志的积极推动下，神池县还成功申请1500万元，创建了国家电子商务进农村示范县，目前县级电商服务中心已投入运营。通过农商对接，神池县第二届线上月饼节总销售额达210万元。

在盘活集体经济的基础上，省驻村工作队还帮助包扶村村民提升经营性收入，村内发展富硒谷子种植208亩，带动35户贫困户58人受益；发展渗水地膜208亩，带动37户贫困户58人受益；发展毛建茶种植40亩，带动26户贫困户32人受益。同时，积极帮扶包扶村村民开展牛、羊、鸡等养殖项目，帮助村民提高养殖技术、扩大产品销路。

驻村工作队员走访群众

五、坚持文化助力，营造和谐氛围

以文化人，滋润民风。刘新云同志多次强调，在村民享受各项扶贫政策的同时，更要加大文化精神的输出，让老百姓有更多的获得感、满足感、幸福感。大磨沟村于2012年被省文化厅评为"省级文化示范村"，发源于该村的神池"道情"已经被列为第三批国家级非物质文化遗产，但村内服饰、乐器、道具等老旧缺失，道情戏曲演出处于停滞的困窘境况。多年来，村支书任满意为了道情戏曲的传承发展积极奔走却一直未果。新云同志实地了解情况后，亲自协调有关单位，为大磨沟村订置了价值10多万元的戏服、道具、乐器、音响设备等，启动改造百姓文化戏台，丰富村民的精神文化生活。同时，建议县有关部门，发挥职能优势，让大磨沟村、杨家坡村（邻村）及其他村庄联动起来，形成道情戏曲的规模效应。2018年6月10日，在大磨沟村民祁元家中，新云同志与部分村民促膝而坐，在谈起此事时，村民们的脸上都洋溢着幸福的笑容。村支书任满意激动地说："感谢刘省长，实现了我们多年来的心愿。"

六、汇聚爱心力量，凝聚帮扶合力

"众人拾柴火焰高。"在刘新云同志的带领下，省公安厅多次组织举办形式多样的爱心助力活动，达到激发内生动力，凝聚帮扶合力的目的。为帮扶村村民捐赠过冬衣物4万件，在帮扶的贫困村建立"爱心超市"，将厅机关和公安民警及社会各界捐赠衣物统筹管理，免费发放村民使用；组织为贫困村留守儿童及村办学校捐赠1.2万元的学习用品，驻村工作队员进入学校，开展助学帮教活动；联系医疗专家为村民免费义诊，帮助常年服药的村民到太原购买药品；帮扶干部经常性到贫困户家中走访，送上米面油衣等慰问品，帮助村民解决生活、生产困难。这些具体细微的爱心举措，为群众带来了实实在在的便利，让群众感受到了党和政府的关怀温暖，也更加坚定了打赢脱贫攻坚这场硬仗的信心！

新云同志还十分关注村里的治安环境，多次安排公安厅有关处室发挥公安机关职能优势，打牢农村治安管理基础。通过采取现场讲解、发放宣传册、声像宣传等多种形式，广泛开展政策、法律、法规宣教，引导村民增强法治观念，教育群众知法、守法、用法；积极开展扫黑除恶、禁种铲毒、远离黄赌毒、防范电信网络诈骗、防火防盗等宣传教育，提高村民自我防范意识；认真开展群众走访、矛盾纠纷排查工作，及时化解消除农村各种利益纠纷，避免矛盾激化，为开展脱贫攻坚工作创造良好的农村治安环境。

启 示

大磨沟村认真落实党中央和省委省政府部署，结合自身脱贫现状，积极研究、探索符合村情的政策执行方向，走具有大磨沟特色的脱贫之路。同时，统筹谋划，做好脱贫攻坚与乡村振兴的有机衔接，开创新时代大磨沟村振兴新局面。

一、万根线能拉船，建立战斗集体

"大磨沟答卷"以鲜明的党建引领特色，领导班子成为主心骨，帮扶干部成为突击队，凝神聚气，共同发力，夯筑崇高坚守和执着奋斗的坚实堡垒，做给群众看、带着群众干，啃下一个又一个脱贫攻坚硬骨头。

二、积小胜为大胜，抓实扶贫小事

"扶贫的小事就是群众的大事。"脱贫攻坚必须以"出水才见两腿泥"

整治后的村容村貌

的精神，把定下来的帮扶措施一一抓好，难事长做、虚功实做，忧群众所忧，想群众所想，急群众所急，乐群众所乐，把老百姓的事情当成我们自己的事情，把工作落在实处，真正把工作转化为在党言党、在党爱党的执行力和行动力。

三、坚持久久为功，绘好长远蓝图

脱贫攻坚要综合施策，发挥好矩阵效应。要坚持物质精神两手抓，两手都要硬，要将脱贫攻坚进程、乡村振兴战略、多元治理共同体构建有机融合，制定持续性政策，形成短期脱贫攻坚与长期振兴目标融合的治理共同体，实现脱贫攻坚与乡村振兴"同频共振"，把大磨沟村建设成为产业兴旺、生态宜居、治理有效、村风文明的美丽乡村。

精准施策促脱贫　倾情帮扶奔小康

——时任副省长陈永奇帮扶右玉县牛家堡村纪实

背景导读

　　牛家堡村是国家扶贫开发重点县右玉县的一个小村子，村里常住人口21户44人，其中建档立卡贫困户9户18人，占到人口总数近一半，脱贫攻坚难度较大。在党中央做出"坚决打赢脱贫攻坚战，确保到2020年所有贫困地区和贫困人口一道迈入全面小康社会"战略部署以后，牛家堡村沐浴着党的好政策的阳光雨露，在2017年底实现了整村脱贫，贫困户人均可支配收入达到4054元。

　　2018年，陈永奇同志开始联系帮扶牛家堡村，负责指导该村的脱贫成效巩固工作。自帮扶以来，陈永奇同志深入开展走访调研，准确"把脉问诊"，积极出谋划策，通过狠抓支部党建、整合扶贫资金、引进扶贫项目等一系列举措，不断拓宽富民产业，大力提升村容村貌，短短一年时间，全村贫困户人均可支配收入提高了四分之一，达到了5076元，整个村子变成了富裕、美丽、整洁、文明、宜居的脱贫示范村、乡村振兴先行村，脱贫成效得到显著巩固，牛家堡村向着全面小康迈出了坚实步伐。

陈永奇同志深入咸远镇牛家堡村查看扶贫工作台账

主要做法

一、党建引领，强基固本，让党的作用强起来

在帮扶工作中，陈永奇同志始终强调把加强党的建设置于脱贫攻坚的首要位置，指示牛家堡村党支部、驻村工作队按照"抓党建促脱贫攻坚"的要求，把加强基层党建和脱贫攻坚结合起来，打造坚强有力的村级党组织、担当实干的扶贫干部队伍、带领致富能力强的党员干部，为脱贫攻坚提供强有力的政治保证和组织保证。牛家堡村建立和完善了第一书记、驻村工作队员、党员干部"一对一""多对一"结对帮扶贫困户等一系列工作机制，充分发挥了基层党组织的战斗堡垒作用，及时帮助贫困户扫除了所遇到的思想障碍、政策障碍、资金障碍、技术障碍，有力促进了扶贫工作与农村党建工作的良性互动，党群关系进一步融洽。

二、把脉问诊，精准施策，让人民群众富起来

通过深入走访调研，摸清了牛家堡村发展的底数，针对富民产业发展不足、群众增收渠道不宽的情况，立足村情实际，确定了以提升传统种植业、做大生态畜牧业、发展光伏产业、探索资产收益为主的发展思路，带领全体村民巩固脱贫成效致富奔小康。一是提质升级种植业。右玉农业生产条件差，农作物产量低，陈永奇同志带领省农科院工作人员对牛家堡村的土壤、气候条件进行考察后，协调有关部门为村民免费提供更适合该村土壤条件的化肥28吨，更适合该村气候条件的土豆、莜麦、油菜等籽种10000公斤，指导农民开展科学种植、特色种植，2018年，全村种植特色小杂粮240多亩、油菜花480多亩，占耕地面积的90%以上，而且单亩产值大幅增加，提升了该村的农业种植科学化、特色化水平。秋收后，村民牛满看着丰收的油菜，笑容满面地说："以前种植老品种油菜，亩产不超100斤，今年种了新品种，亩产达到200多斤，按现在的行情算，每亩增收230元，我种了15亩，光油菜一项我就增收了3400多元。"二是壮大生态畜牧业。考察了牛家堡村的养殖情况后，陈永奇同志积极牵线搭桥，与祥和岭上农牧开发公司签订了针对贫困户的企业带动帮扶协议。由祥和岭上农牧开发公司给农户提供科学养殖技术和科学配方饲料，然后再以高于市场价每斤2元的价格回购。牛家堡村有3户参加了合作，有代表性的是牛

陈永奇同志走访牛家堡村贫困户

占忠，2018年底共卖给祥和岭上农牧开发公司56头羊，每斤高于市场价2元，光这一项就增收2万多元。看着转账记录，牛占忠笑得合不拢嘴，激动地说："陈省长的牵线搭桥真是帮了我们老百姓的大忙呀！"三是发展光伏产业。充分利用扶贫惠民政策，整合多方资源，共协调解决帮扶资金61万元，建设了惠及21户、总容量60千瓦的分户式光伏电站，实现了在村常住人口光伏发电扶贫全覆盖，直接带动贫困户年均增收约3000元、一般农户年均增收约2500元。四是探索资产收益扶贫。通过协调整合扶贫资金，购置了一套15万元的农业机械，由村民代表大会决定使用方式和收益分配，自用可为村民提供免费服务，出租年均可获租金1万余元，每户折算收益约2000元。

三、夯实基础，完善功能，让发展空间广起来

针对牛家堡村基础设施不完善的情况，陈永奇同志指导镇、村两级对标贫困退出标准，按照"布局合理、设施配套、功能齐全"的工作思路，大力实施农村基础设施提升完善工程，统筹解决好水、电、路、网、房等基础设施，全力改善生产生活条件。2018年，牛家堡村新修水泥路2000米、路肩5000平方米，拓宽村庄道路1200米，硬化街巷1000米，全面完

陈永奇同志与村民亲切交谈

村党支部召开学雷锋志愿活动动员会

成自来水入户工程，彻底解决了全村人畜饮水难题。同时，协调资金19万元推进村级组织标准化建设，新修村文化室40平方米、卫生室60平方米，新建综合文化活动广场1470平方米，村级组织活动场所达到了"六通""九有"标准，具备了一年四季办公和活动的条件。

四、优化环境，提升内涵，让村容村貌靓起来

为进一步整治提升村容村貌、提高农村健康宜居水平，陈永奇同志指导威远镇政府、驻村工作队广泛发动群众，按照乡村振兴"生态宜居"的标准，对村庄环境进行集中整治提升，打造舒适便捷的人居环境。一是以净促靓。组织群众对村内的残垣断壁、土窑破院推倒平整，对村公共场所、村道两旁、河边沟渠、房前屋后的垃圾死角全面清理，共拆除破房旧院21处、残墙残窑13处，新砌院墙2280米、垛口墙及围栏1600米。二是以绿增靓。同步开展了环村护绿、街道见绿、庭院植绿工程，累计栽植各类绿化苗木3.2万株，在村前栽植2米高123果树苗1200株，寒富苹果树3500株，金针苗10万株，不断打造"林在村中、村中见绿"的宜居景观。三是以管保靓。强化管理，指导构建"保洁、收集、转运、处理"

的垃圾处理机制和乡镇包片干部全面抓、支部书记直接抓、管护人员具体抓的责任落实机制，形成了美丽乡村保洁长效机制。

启　示

昔日的贫困村，在陈永奇同志的倾情帮扶下，变成了如今的脱贫示范村、乡村振兴先行村，牛家堡村发生的深刻变化在帮扶工作方面给我们深刻的启示：

一、坚持党的领导，充分发挥党组织的堡垒作用

牛家堡村的变化，就充分发挥了村党支部的战斗堡垒作用和党员干部的先锋模范作用，把党建工作融入脱贫攻坚全过程，以党建为引领、统筹推进扶贫各项工作，实现了基层党建与脱贫攻坚"双促双赢"。

二、注重精神扶贫，充分发挥群众的主体作用

牛家堡村位于右玉，右玉有著名的"右玉精神"。在工作中，陈永奇

新建的综合文化活动广场

同志注重结合本地的
"右玉精神"激励广大
的党员干部和人民群
众，坚持把打赢脱贫
攻坚战作为弘扬"右
玉精神"的实践载
体，大力发扬艰苦奋
斗、迎难而上的优良
传统，有力推动了脱
贫攻坚各项任务落实。

新修水泥路方便了村民出行

三、做好调查研究，充分发挥产业扶贫的核心作用

产业扶贫是长久之道，是根本出路。牛家堡村的变化正是因为做好了
调查研究，根据当地的实际情况对症下药，精准实施了提质种植业、壮大
畜牧业、发展光伏产业的扶贫措施，并注重与市场衔接，发挥当地龙头企
业的带动作用，推动群众积极发展产业致富。

四、注重资源整合，充分发挥脱贫攻坚的政策作用

党中央吹响了坚决打赢脱贫攻坚战的强力号角，而且又出台了方方面
面的政策措施，投入了大量的人力、财力、物力。牛家堡村的发展正是充
分整合了这些资源，最大效能地发挥了各项政策作用，钱花在了刀刃上，
劲儿使在了关键位置，才形成了脱贫致富的强大合力。

党建引领促脱贫　文化带动促发展

——省政协副主席、吕梁市委书记李正印帮扶临县前青塘村纪实

背景导读

　　临县安业乡前青塘村位于县城南8公里，全村794户2503人，共有耕地1900亩，其中水浇地880亩。2015年建档立卡"回头看"时，共识别出贫困户355户981人，现有贫困户100户154人，贫困发生率为6.2%。2017年村民年人均收入4679元，2018年实现整村脱贫"摘帽"目标。

　　前青塘村风景秀丽，资源丰富，尤以盛产粽叶、苇席闻名，全村芦苇种植面积400余亩，粽叶以其叶长、叶宽、色正、味香名扬周边省市；明清古建筑群保存比较完好，多为北方典型的四合院建筑；1942年到1948年间，中共中央后委，中央17团、51团、52团，晋绥军区第一野战医院先后在此驻扎。多少年来青塘人守着独特的资源，却过着穷日子，成为吕梁山上典型的贫困村。新一轮脱贫攻坚战打响以来，在各级各部门的大力帮扶下，特别是在省政协副主席、市委书记李正印亲自包联和帮助下，前青塘村发生了翻天覆地的变化，2016年被命名为省级历史文化名村，2017年

李正印同志在临县前青塘村就扶贫、脱贫情况进行调研

被命名为休闲农业乡村旅游示范村。村容村貌明显改观，生活水平显著改善，民生福祉不断增进。"现在的前青塘村，再不是旧模样，人心齐了，村风村貌变了，在外的知名度大了……"村里76岁的退休老干部王再生逢人就高兴地说个没完。

主要做法

"吕梁山上鱼米乡，不信你来前青塘；要问青塘啥最好，芦苇海眼粽飘香"是李正印书记在前青塘村调研时即兴作的一首诗，如今这四句诗已成为前青塘村妇孺皆知、耳熟能详的口头禅。自包联前青塘村村以来，李正印同志先后七次深入调研，他住农家炕，吃农家饭，与干部群众共同商讨谋划脱贫良策，每次都给该村问诊把脉，每次都给扶贫干部提出了更高的工作要求，正确指引着该村各项事业健康发展。

一、坚持党建引领，大力推进"三基"建设，干群攻坚合力不断凝聚

20世纪以来，前青塘村由于历任村"两委"班子软弱涣散，村风不正、干群关系紧张、矛盾越积越多、上访现象层出不穷。2016年11月11日，李正印同志首次来前青塘村调研，对该村抓党建、促脱贫攻坚提出明确要求，他强调，实现脱贫致富首先要落实全面从严治党责任，持之以恒加强"三基建设"。要按照党的十八届六中全会精神和省第十一次党代会部署，充分发挥党组织的领导核心和战斗堡垒作用，发挥党员的先锋模范作用。党的十九大刚闭幕，作为十九大代表的李正印同志第一站就来到前青塘村，用接地气、百姓听得懂的语言宣讲党的十九大精神，号召全村党员干部要切实担当起抓好党建促脱贫的责任。按照李正印同志的殷切教导，村党支部把"三基建设"融入"两学一做"，作为推进"两学一做"学习教育常态化制度化的重要实践，实现了村级组织活动场所"六个一"目标；健全完善了24项工作制度和服务群众制度；坚持以"扶贫先扶志、扶智"为主题，加强党员和贫困群众的教育培训，利用"业务技能培训＋农村远程教育＋主题党日活动＋扶贫工作队讲课"等形式，积极组织开展党员政策法规学习和实用技术培训，激发了全体党员的内生动力；制定目

李正印同志调研脱贫情况

李正印同志在临县前青塘村入户调研脱贫情况

标管理考核办法，以效定酬，奖勤罚懒，充分调动干部工作积极性，化解矛盾纠纷30多起，呈现出党员干部齐心协力谋发展的新局面。

二、充分挖掘资源，着力打造文化旅游产业，走出了一条乡村旅游脱贫的路子

前青塘村有丰富的明清古建和独特的欧式建筑，2014年被国家住建部等七部委评定为第三批中国传统村落，2016年被省政府命名为历史文化名村，文化底蕴深厚，旅游资源丰富。李正印同志调研时指出，要深入挖掘独特的自然、人文、红色资源价值，以开放的理念引进战略投资伙伴，加大对旧村民宅、晋绥军区野战医院等旅游资源的开发力度，发展乡村旅游产业。按照李正印同志指示精神，前青塘村科学确立了"党建引领、文化带动、发展旅游、精准脱贫、同步小康"的工作思路，党支部先后带领村民代表到晋城皇城相府、牛山欢乐谷等地参观学习，借鉴了安徽省宏村、北京市康乡等古村落保护和开发模式，结合本村实际，制定了《旅游发展规划》。临县文化局帮扶编印出版了《魅力青塘》一书，办起了民俗文化实物展厅。前青塘村先后组织举办了四届青塘"粽叶香"民俗文化节，每年吸引了数万名游客到该村旅游观光，大大提高了该村知名度，全村仅此户均增收上千元。此外，该村还综合实施了生态鱼养殖、温室采摘等一系列特色产业增收项目，拉开了产业富民的壮丽帷幕。

三、坚持规模化生产，不断健全利益联结机制，传统粽子产业成为全村致富产业

"青青芦苇荡，深深海眼亮，悠悠粽飘香，家家达小康"是李正印书记对前青塘村发展粽子产业的肯定与期望，发展产业脱贫是李正印同志最牵挂的事情。2015年4月，村能人大户成立了青塘食品有限公司，利用传统手工制作从事粽子加工，注册了"青塘粽子"商标，2016年正式投产。李正印同志帮扶以来，多次到粽子加工厂调研，对充分利用芦苇资源，发展粽子加工产业的做法给予充分肯定，希望乡、村两级干部确立新的资源观，充分开发利用好芦苇这一吕梁山上的独特资源。鉴于青塘粽子市场前景广阔、产品供不应求，家家户户都有加工粽子的愿望，为防止大家一哄而上，恶性竞争，李正印同志专门主持召开干部群众座谈会，提出"党支部要发挥引导作用""广大群众要像爱护眼睛一样爱护青塘粽子这个品牌""要依托芦苇，做大相关产业"。村党支部因势利导，帮助成立粽子加工合作社，把全村所有加工粽子的散户集合起来，统一商标注册、统一

省图书馆在前青塘村举办文化活动

青塘食品有限公司加工车间

原料采购、统一规格标准、统一卫生管理、统一集中销售，真正把青塘粽子做大做强，使之成为全村乃至全安业乡的脱贫致富产业。按照李正印同志的指示要求，前青塘村围绕打好"青塘"这个品牌，更新发展理念，拓展销售市场，扩大生产规模，大力发展特色食品产业，带动更多群众脱贫致富，经济效益显著提升。目前，青塘粽子已远销太原、北京、上海等全国10多个省市，仅此产业可创收千万元。同时，辐射带动40余户村民从事粽子加工销售。"青塘蜜浸大枣粽传统手工技艺"，已经申报成功市级非物质文化遗产保护项目。在芦苇产业开发方面，联系引进了河北白洋淀的苇系列工艺品技术，组织村民赴河北白洋淀学习培训，成立了临县绿创芦苇工艺美术有限公司，现已大规模生产绿色工艺品，市场前景看好。

四、加大投资力度，着力夯实发展基础，群众幸福指数进一步提升

2017年5月29日，李正印同志来前青塘村调研，在村新设的废品收购站，特别嘱咐乡村干部，要注意废品的及时清理转运工作，绝不能造成二次污染。李正印同志非常重视环境整治工作，每次来调研，都明确要求要加强村容村貌的整治，要将乡村振兴战略的思想和脱贫攻坚计划、行动有机结合起来，努力夯实乡村振兴根基。李正印同志积极帮助联系省市职能部门加强基础设施投入，特别是联系孝义市企业与前青塘村进行结对帮扶，深入开展美丽宜居示范村建设，着力改善农村人居环境，提升农民生活质量，建设了一批基础设施建设项目。整村修缮恢复了120多处明清古建、元代奉天寺和欧式天主教堂。建成民俗博物馆，扩建了百亩生态鱼养殖基地，新建了32亩温室采摘大棚，栽植了500多亩玉露香梨、仁用杏，修建上山田间路6.5公里，新筑河坝190米，清理维修灌溉农田水渠2500米，结束了该村过去晴天一身土、雨天一身泥的历史。修通了宽10米、长1240米的一条村外环旅游循环公路，达到了绿化、美化、硬化的效果。恢复水稻种植40余亩。正在启动水上乐园、露天游泳塘、小型动物园等旅游服务业项目，打造真正的晋西鱼米之乡。为提高村民的生活质量和幸福指数，还建成了日间照料中心，村内安装了数百盏太阳能路灯，彻底解决了村民夜晚出行不便的问题。硬化了占地面积达8000平方米的文化广场，投资500余万元的综合文化中心拔地而起，为村民们搭建起文化活动的理想平台。近期投资700多万元的美丽宜居乡村建设项目已开工建设。

前青塘村全貌

196

启　示

一、帮扶工作要提升支部战斗力

"火车跑得快，全靠车头带"，群众脱贫必须要有个好的支部领导。前青塘村发展的实践充分证明，只有党支部充分发挥自身的政治优势，发挥坚强的战斗堡垒作用，把党员群众紧紧团结起来，坚定信念，提振信心，村里才能拧成一股绳，脱贫攻坚才能迈出实质性步伐。

二、帮扶工作要挖掘好现有资源

扶贫绝对不是简单的"给钱给物"，关键是要提升"造血功能"，要杜绝"捧着金饭碗要饭吃"的现象，必须因地制宜，帮助开发现有优势资源，延伸产业链条，走出特色产业发展之路，只有这样才能从根本上摆脱贫困。扶贫必先扶志，扶贫必先扶智，激发群众的内生动力是关键，摆脱"等、靠、要"的思想，从"要我脱贫"向"我要脱贫"转变才是真正脱贫的关键。

二、帮扶工作要注重基础设施和公共服务的提升改善

交通不畅、信息闭塞、基础滞后、科技缺乏等是贫困村贫穷落后的根本制约因素。水、电、路、网、教育、医疗等基础设施、公共服务的改善提升，是贫困退出的硬指标，要将脱贫攻坚作为乡村振兴的优先任务，着眼长远，着力改善农村人居环境，努力提升群众满意度和获得感。

抓产业促进脱贫增收　强党建夯实脱贫基础

——省政协副主席、太原市市长李晓波帮扶代县大烟旺村纪实

背景导读

大烟旺村位于历史文化名城代县城北，距县城4公里。全村332户755人，建档立卡贫困户143户352人。地形沟壑纵深，将全村分为沟东、沟西、下院、西窑4个自然村，是一个典型的具有黄土高原地貌特征的晋北小农村。村内无金属矿藏资源和工厂企业，农民收入主要以种植业为主，全村现有梨树1100亩、核桃树700亩、杏树600亩，特别是梨产业已初具规模，人均达到1.5亩，年产量100万公斤以上，是全村的主导产业。代县酥梨不论是品质还是产量，在晋北地区都首屈一指，素有"黄土高原第一梨"之称，1976年在全国梨鉴定会上名列榜首；1989年在全国水果鉴评会上再次夺冠；2002年在山西省优质果品蔬菜展销会上获金奖，代县被农业部确定为全国酥梨基地。

大烟旺村是省政协副主席李晓波同志的帮扶村。帮扶工作开展以来，李晓波同志多次深入村"两委"、贫困户家中，与村民交流沟通，详细了

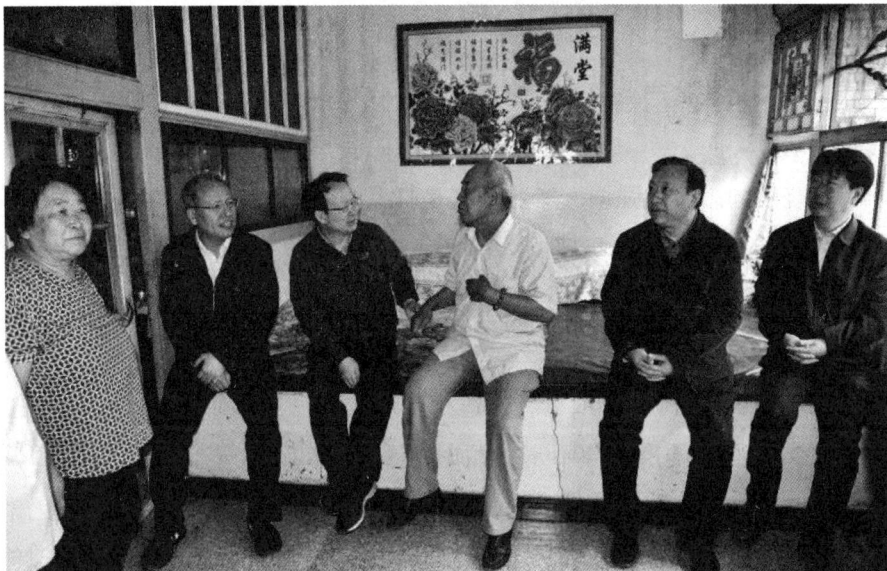

李晓波同志深入贫困户家中调研

解该村基本情况，与村干部、村民代表认真研究该村脱贫出路，提出了"扶贫先扶志，产业促增收；党建强基础，扮靓新农村"的帮扶工作思路，制定了该村经济林发展规划和三年脱贫工作计划，全力推进该村脱贫攻坚工作。全村建档立卡贫困户人均可支配收入超过全省脱贫收入最低标准线3200元，实现了整村脱贫。

主要做法

一、强化党建引领，筑牢发展基础，铆足脱贫攻坚干劲

打赢脱贫攻坚战，关键在于党的领导，将精准扶贫工作和基层组织建设结合起来，充分发挥基层党组织的战斗堡垒作用，才能打赢脱贫攻坚战。李晓波同志多次强调，农村发展需要一个好班子，一个好的领头人。他多次给村"两委"班子成员上党课、讲政策，促进党建引领，讲解习近平总书记的讲话精神，尤其是习总书记视察山西讲话精神，潜移默化中，班子成员的形象和面貌发生了变化，凝聚力、向心力和战斗力明显增强。

二、强化扶贫产业项目实施，加快增收致富步伐，为巩固脱贫成果持续增添动力

李晓波同志多次强调，产业扶贫是打赢脱贫攻坚战的有力举措。只有产业发展起来了，才能实现持续增收，从而彻底拔掉"穷根"。他坚持因地制宜，充分注重群众意愿，与各级帮扶力量一道，全力推进大烟旺村脱贫致富产业。

（一）实施光伏扶贫项目，促进稳定增收。村集体研究光伏扶贫发电项目之初，有些干部犹豫不定，顾虑重重，有的说这不行，有的说那不行，李晓波同志从国家政策讲起，"自发自用、多余上网，我们自己发出来的电自己用，多余的还能卖给国家电网，这多好，脱贫不就有保障了"，这番话为大家解忧释惑，排除了顾虑，最终通过他详细地分析利弊，大家茅塞顿开，一致同意发展光伏扶贫发电项目。2018年8月，大烟旺村300千瓦光伏发电项目开工建设，年内就可收益。村民们高兴地说，还是发电项目好，无风险，收益快，咱坐在家里，就能挣钱。

（二）加强专业技能培训，做强酥梨产业。李晓波同志在大烟旺村帮扶时发现当地的酥梨品相很好，就鼓励大家向产业化方向发展："咱们村

李晓波同志在大烟旺村调研

李晓波同志走访慰问贫困户

的酥梨这么好，发展致富产业，还得在发展梨产业上做文章。"大烟旺村种植梨果业可追溯至20世纪80年代，由于村民文化程度低，技术要领掌握不精，特别是一些贫困户技术不行，管理欠缺，梨果产量一直上不去。李晓波同志多次协调省、市、县林业部门开展果业种植专题培训，通过发放种植宣传资料、组织专题讲座、现场指导等方式，着力提高种植户的技术水平。梨果增产了，农户增收了，在首届代县丰收节上，大烟旺酥梨又火起来了。2018年，大烟旺村梨产业带动全村人均增收达3000元。

（三）做好电商扶贫，打通"上行"销售通道。"打开销售渠道，我们才能多项选择，才能卖出好价钱。"李晓波同志特意叮嘱帮扶责任单位，要把农村电子商务作为精准扶贫的重要载体，纳入帮扶工作计划，切实做好村级电商服务中心落户大烟旺村的各项准备工作，全力构建农村现代市场新体系，推动电子商务成为大烟旺村产业发展的新引擎。帮扶单位联系代州惠生活网络公司为大烟旺拍摄了金酥梨推销视频，极大地提高了大烟旺村金酥梨的知名度。借助代县惠生活电商平台，融入扶贫公益元素，转变销售理念、拓展销售渠道，网络订单从无到有，销售额持续增长。

（四）实施果树提质增效行动，为增收打好基础。李晓波同志在扶贫过程中，通过视察监督帮扶单位实施果树提质增效行动，督促其落实农户增收，进一步推动了果树种植的科学化管理，为增收打下了良好基础，在梨产业"两高一优"发展上开创了一条新路子。

（五）发挥金融扶贫优势，助力脱贫攻坚。李晓波同志非常注重发挥金融在扶贫开发中的撬动和支撑作用，他指导帮扶责任单位利用小额信贷资金助力脱贫攻坚，使建档立卡贫困户实现增收致富。目前。累计已为77户贫困户办理小额贷款，为贫困户脱贫增收奠定了坚实基础。

三、加强乡村基础设施建设，提升人居环境，改善农业发展基础条件

李晓波同志特别注重农村人居环境改善和农村基础设施建设，要求帮扶责任单位以垃圾处理、厕所改造、村容村貌提升为重点，加快实施农村人居环境整治。

（一）全面改善人居环境。针对村里乱倒垃圾的问题，李晓波同志要求帮扶责任单位利用大烟旺村紧邻县垃圾填埋场的有利位置，在各个自然

千亩梨园沐浴着春天的希望

村建立统一的垃圾收储池，定期组织将垃圾送至垃圾处理厂进行填埋处理，彻底改变了垃圾乱倒造成的环境污染。大力开展村容村貌整治，硬化了村委广场及村中心小广场，为村委会修建厕所。特别是通过协调，向省交通厅申请了几十万元的道路维修资金（目前已报批，正等待划拨），用于新修一条通村道路，使得无法通行车辆的大烟旺村有了一条直达主干道的通村公路，人居环境显著改善。

新修的通村道路

（二）改善群众农业生产条件。李晓波同志协调水利、电力等部门积极解决村里的水利设施和灌溉问题。2018年，协调省

大烟旺村村貌

水利厅出资2700万元，实施了代县北半坡农田水利设施改造提升工程，促进旱作农业发展，并利用资金打井、修建水渠、铺设暗管、配套机井变压器等电力设施，使得全村累计达2000亩，助力农民增收致富。

（三）丰富群众精神文化生活。李晓波同志坚持把乡村文化建设与脱贫攻坚紧密结合。市文化部门落实他在村里扶贫时的意见建议，为村里配备更新了锣鼓、音响、秧歌服装等文化活动设备，由此，村里组建起了秧歌队，群众性文艺活动开展得有声有色。他在村里走访时，鼓励刺绣、剪纸、面塑等方面的能人巧手，自力更生、创业增收，同时安排帮扶责任单位为手工艺人的创业道路牵线搭桥。银针彩线，巧手飞舞，已成为大烟旺村脱贫致富一道靓丽的风景线。

启　示

一、坚持党建引领，提升村党组织战斗堡垒作用

坚持把夯实农村基层党组织同脱贫攻坚有机结合起来，选好一把手、配强领导班子，发挥好村党组织在脱贫攻坚中的战斗堡垒作用。坚持把有开拓精神、经济头脑、善于为百姓办事、敢于负责担当的能人选拔进村"两委"班子，建设一支永不离开的扶贫工作队。依托村"两委"班子大力开展农业实用技术、手工艺技能、劳动力转移、创业等培训，不断提升农民增收致富本领。

二、坚持扶志先行，强化思想引领

思想是易波动、难量化的东西。在脱贫攻坚工作中，要特别注重"输血"与"造血"的关系转化，将有限的资金放在贫困群众内生动力的开拓和产业培训、技能提升上来，降低返贫率；在送钱、送米的同时，注重送新思想、新观念，让贫困群众开阔眼界，敢想敢干，立志先行，主动谋求发展。

三、坚持因地制宜，大力发展致富产业

深度贫困地区要想改善经济发展方式，就要重点发展贫困人口能够受益的产业，如特色农业、劳动密集型的加工业和服务业等。工作中，要立足贫困村实际情况和群众意愿，大力实施优势特色农业提质增效行动，把具有地方特色的小品种和土特产做成带动农民增收的大产业。同时大力实施光伏发电等新型产业，推进新能源向农村聚集和使用，改善农村生产生活条件，帮助农户增收。

龙源找到了富之源

——省政协副主席、省委常务副秘书长、省委办公厅主任张瑞鹏
  帮扶平陆县龙源村纪实

背景导读

龙源村位于平陆县杜马乡西片垣面，北靠中条山，南依黄河水，该村有龙源、王门坡两个自然村和七个居民组，264户782人，耕地面积2980亩，林地面积4560亩，荒山、荒坡、荒沟面积7000余亩，种植苹果350余亩，桃760余亩，小麦1600亩，是一个以传统种植业为主的贫困村。2014年确定为贫困村，共有建档立卡贫困户126户390人，贫困发生率49.8%。该村在省政协副主席张瑞鹏的指导下，在县乡党委、政府的领导帮助下，依托工商银行山西省分行定点扶贫行业优势，村党支部团结带领全村干部群众，探索出了抓党建促脱贫、强产业稳脱贫的脱贫模式，实现了脱贫攻坚连战连胜。截至2017年底，全村人均可支配收入达7576元；2018年贫困户退出106户319人，贫困发生率为0.64%，实现整村脱贫"摘帽"。

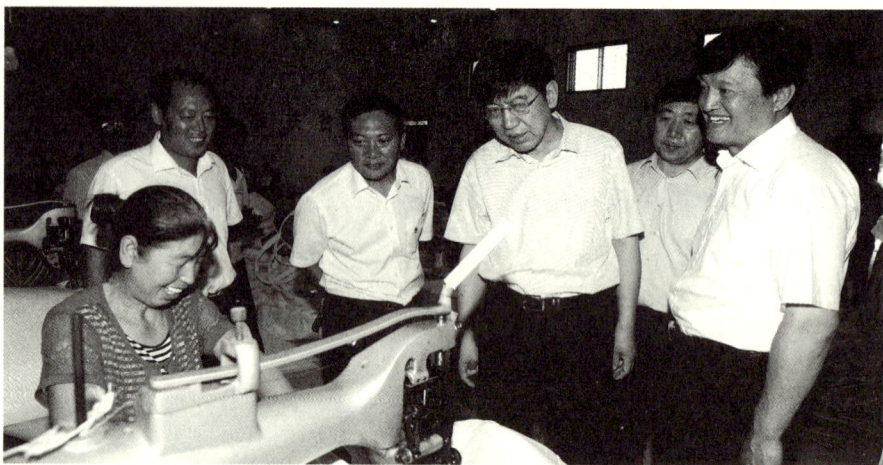

张瑞鹏同志深入龙源村吨包加工车间了解贫困户务工情况

主要做法

2018年以来，龙源村认真落实中央省、市、县关于脱贫攻坚一系列决策部署，坚持精准方略，以创建新型产业、壮大主导产业、改善村容村貌、夯实基础设施建设为主题，以增加贫困群众收入、助推群众走上脱贫致富路为主线，瞄准最现实的问题，解决好最迫切的事情，扎扎实实为群众办实事好事，实现了稳定脱贫目标。

一、在加强党建上下功夫，让政治保障"强起来"

龙源村坚持以"抓好党建促脱贫，检验党建看脱贫"，形成党建贯穿脱贫攻坚全过程，党建凝聚各方合力助脱贫的新模式。从基础上入手，强化阵地建设。在省政协原副主席刘滇生的关怀下，积极争取资金，申请省拨党费30万元，县拨党费5万元，建成2层12间360平方米的龙源村党建活动中心，设置村"两委"办公室、党员活动室、脱贫攻坚室、文化室、工会办公室、综合培训室等，打造成加强基层村组织建设、提高村民致富技能的重要场所。从队伍上抓起，增强支部活力。在支部换届中，将村里一名苹果种植大户吸纳到支部班子中，为村民选了好的致富带头人，同时，党支部注重从农村致富能手中选拔培养发展党员，三年来培养发展入党积极分子两名，其中一名为吨包加工模范。在活动中聚力，提升脱贫成效。认真落实"两学一做"学习教育常态化、制度化，定期开展"三会一课""党员活动日"等活动，定期组织学习习近平新时代中国特色社会主义思想和十九大精神，促进组织生活经常化、规范化不断提升党员的思想素质、党性修养；注重把党员聚在产业链上，通过推行"支部＋协会""支部＋基地""致富能人+产业项目"的模式，开展了党员先锋引领活动，积极组织党员认领产业项目，组织其与困难群众结对帮扶，在产业发展方面起到了很好的示范带动作用。

二、在长效机制上做文章，让产业筋骨"壮起来"

产业缺失一直是困扰和制约脱贫攻坚的核心问题，直接影响了贫困群众的脱贫增收。省政协副主席张瑞鹏引导村"两委"和驻村工作队，以增加村民收入、实现稳定脱贫致富为主要目标，以产业结构调整为主要手段，把发展产业经济作为帮扶之首、脱贫之重进行谋划。在原产业的扶持上，针对全村过去苹果树和桃树种植面积大，但树龄长、品种老化、商品率低的现状，龙源村从新品种建园、老果园改造、果品提质增效以及管理

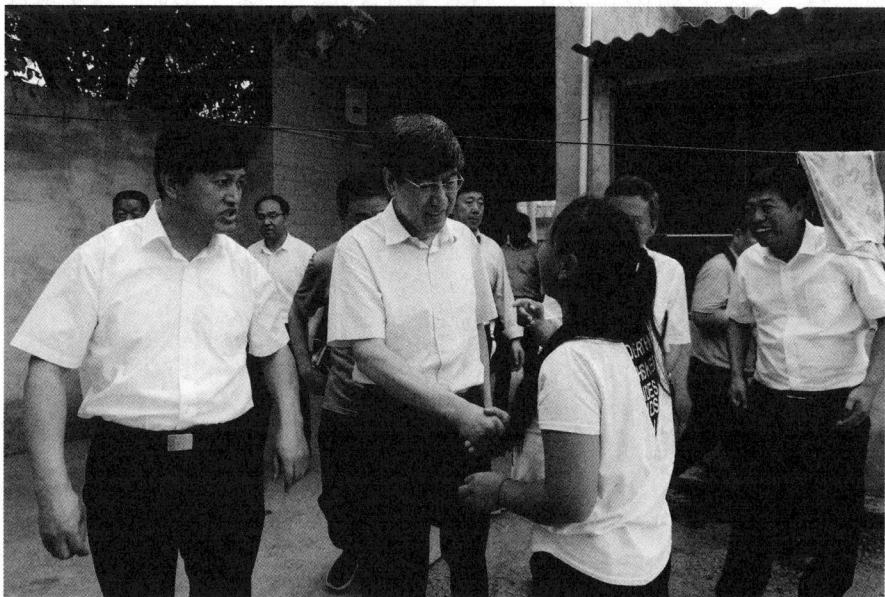

张瑞鹏同志走访慰问刘军奎家

技能培训四方面入手，敢于让"老树"发"新芽"，让"老产品"创"新市场"；延长农产品链条，建设农副产品加工车间，让小麦、玉米、杂粮在车间进行二次加工后推向市场，进一步提升农副产品价值，增加群众收入。在新产业的引进上，经与帮扶企业共同调研分析后，结合贫困群众脱贫意愿，该村2017年与平陆县宇泽公司合作，发展加工铝粉吨包，将村文化礼堂500平方米作为厂房，引入轧包机器21台，打包机1台，吹包机1台。经培训后安置贫困人员25名，其中，熟练操作工22名，打包员2名，管理人员1名。已实现安全稳定生产450天，包装产业经济效益显著提升，带动贫困户收入明显增加。22名工人平均每人每天可加工吨包30—40个，每个吨包加工费3元，日工资90元至120元不等，除去农活农忙时间以外，累计为贫困户实现收入40万元左右，全村人均增收511元。

今年6月份，省政协副主席张瑞鹏在该村调研时，对该村"一村一品"产业发展提出要求，进一步明确了做大包装产业、新上小杂粮加工项目、壮大集体经济、增加群众收入的工作重点。包装产业将投资90万元新建包装车间765平方米，该项目实施后，可解决60个贫困人口的就业和脱贫问题，实现收入70余万元，全村人均增收895元。新上的面粉及小杂粮

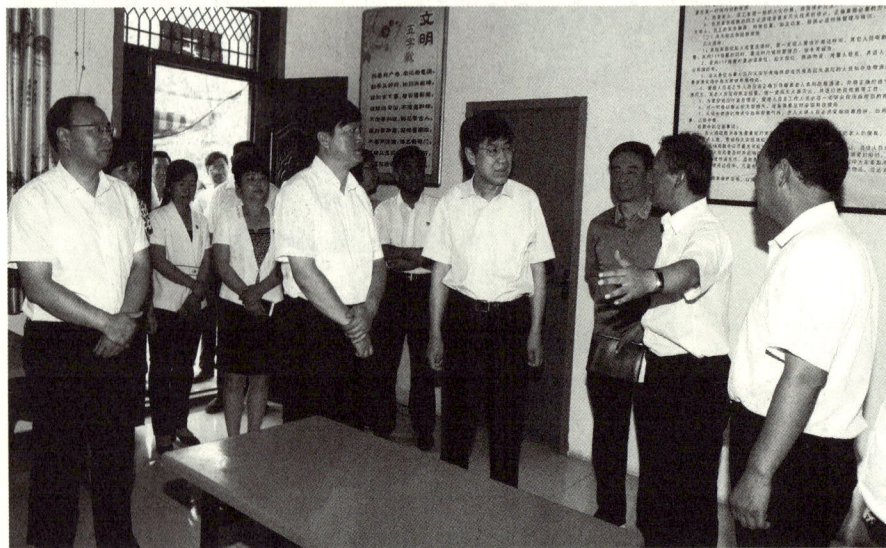

张瑞鹏同志走访龙源村老年日间照料中心

驻村干部与在村党员重温入党誓词

加工项目，目前已完成投资30万元，面积100平方米的小杂粮加工厂已经建成，购置了磨面机5台，榨油机1台。完全投产后，可为村集体经济年增收2万元，为10余户贫困户每年平均增收1.5万元，彻底解决龙源及附近4000余村民日常面油生产与食用奔波之苦。

三、在精准帮扶上见实效，让群众钱袋"鼓起米"

工商银行山西省分行在龙源村驻村帮扶以来，全面贯彻落实"两包三到一落实"精准帮扶联动机制，注重增强帮扶实效。工商银行山西省分行126名党员、干部职工与126户贫困户进行结对帮扶，分析致贫原因，围绕"五个一批"，针对性建立对户帮扶措施，签订帮扶责任状。

对于经营果桃产业的，聘请山西平陆县晋源职业技术学校技术人员，进行两期果桃管理培训和农业技能培训，提高果桃管理水平。种植户卫召军家有10亩苹果树和4亩桃树，经培训提高了修剪、疏果、施肥技术，掌握了管理要领，使今年的桃树收入从每亩1000余元提高到4000多元，苹果也喜获丰收，全家实现了稳定脱贫。对于有外出务工意愿的，先后举办三期电焊、家政、园艺等技能培训，陆续组织55人外出从事运输、家政、电焊等，带动了35户贫困户实现增收脱贫。对于既想在家经营果树、照顾家庭，还有能力就近务工的贫困户妇女，组织她们"走出去"进行一个月的转移就业岗前技能培训，"请进来"进行三个月的岗上试产技术指导，目前已有22名妇女成为熟练工人，平均月收入在2000元左右，成为稳定脱贫的重要渠道。轧包能手梁辉霞以前外出务工，家里老少不能照顾，收入多支出也大，年底拿不回多少钱。经培训在包装车间上班后，月平均收入超过3000元。在她的带动下，杨淑芳等5名贫困姐妹也加入包装车间打工，年收入超过10000元，真正实现了"培训一人，带动一片"和"一人务工，全家脱贫"的目标。

四、在基础设施上求突破，让村容面貌"靓起来"

为有效改变龙源村基础设施落后和人居环境较差的局面，省政协副主席张瑞鹏帮助该村改善基础设施条件，推动各项工作快速发展。

一是村文化广场建设。投资39万元硬化广场365.1平方米，成品混凝土花带550米，渗水砖364.5平方米，六角亭1座，假山1座，中华灯6盏；种植龙爪槐22株，大叶黄杨球150株，蜡梅14株，大花月季50株，播种草坪1190平方米。该项目实施后，改善了龙源村人居环境质量，提升了整体环境品位，加快了龙源村脱贫攻坚进程和美丽乡村建设步伐，为全村全面快速发展奠定了坚实的基础。

二是基础设施建设。投资385万元，水泥硬化田间道路6500米，建设良种仓库11间，硬化晒场2700平方米，设立公示牌1个，有效改善了村基础设施建设，经济效益和社会效益可观。

三是环境提升工程。对全村环境卫生实行网格化管理，建立片区责任牌，以巷道整治为重点，以卫生死角、难点乱点为重点，先后清理垃圾220堆，拆除乱建乱搭建筑1200平方

合作社技术人员培训花椒种植管理

好媳妇好婆婆评选活动授奖仪式

米，外墙粉刷1500平方米，清理路边杂草7000余米，打造文化墙300平方米。新设置垃圾填埋点2处，垃圾池2个，配置垃圾清运车1辆，衣服、扫帚等保洁工具3套。村容村貌、户容户貌得到极大改观。

启　示

一、领导重视是关键

龙源村在短短两年多时间里能发生这么大的变化，关键在于领导的重视和率先垂范。省政协副主席张瑞鹏、原副主席刘滇生多次到该村调研，关心关注支持龙源村发展，从产业发展、基础设施建设、乡村振兴等方面，制定帮扶规划，落实帮扶措施，推动民生改善、基础建设、产业培育等方面项目建设，为该村贫困群众拓宽了致富渠道，增加了稳定收入，确保了该村如期实现脱贫"摘帽"。

二、精准施策是根本

对症下药才能药到病除。贫困户致贫原因不同，个人自身条件不同，发展意愿不同，因此不能实施"大水漫灌式"的帮扶，而要根据各自情况，采取精准滴灌。工商银行山西省分行驻龙源村帮扶工作队，把全村贫困户分为在家流转土地经营的、发展果桃产业的、劳务输出务工的、既经营果桃又有技能在家务工的、社会保障兜底的等几种类型，采取不同的帮扶措施，收到了明显的帮扶效果，群众十分满意。

三、壮大集体经济是基础

壮大集体经济，突出发展特色主导产业、助力群众建立长效稳定的增收渠道，是扶贫工作的重中之重。从龙源村近年来发展来看，根据村情实际，组织外出务工、发展包装产业、提升桃果管理、推广光伏安装，多渠道发展集体经济，不仅转移了农村劳动力，实现就近挣钱，而且可以依靠产业增收，提升技能，扩大致富视野，达到稳定脱贫的目的。

四、持续发展是保障

龙源村始终坚持基础设施发展与产业扶持并重，修建基础设施、修建环村公路、整村提升、扶贫助残敬老，实现了全村经济协调发展，方便了群众生产生活，改善了村民人居环境，拓宽了村民增收渠道，推动了产业持续发展，极大提升了村民获得感、幸福感，使龙源村走上了美丽乡村之路。

五、增强内生动力是核心

授人以鱼不如授人以渔。"输血"不如"造血"，说一千道一万，脱贫致富核心还是要靠贫困户自身。习近平总书记指出，不仅要扶贫，更要与扶志、扶智、扶德相结合。龙源村群众通过集体经济的壮大和自身脱贫致富途径的增加，开阔了眼界，解放了思想，转变了等、靠、要的观念，人人比干劲，个个抢发展，全村上下呈现出人人思变、你争我赶的勃勃生机，为全面小康奠定了坚实的基础。

脱贫"攻城拔寨" 帮扶"焐热民心"

——省政协副主席席小军帮扶灵丘县龙玉池村纪实

背景导读

龙玉池村,地处大同市灵丘县太白山东麓的桃花山风景区内,植被茂密、生态良好,距灵丘县城27公里。境内群山林立、沟壑纵横,全村总面积24411亩,其中耕地1072亩、林地和宜林荒山荒坡地面积16333亩,素有"九分山水一分田"之称。耕地少、位置偏、底子薄、资源缺。2014年,龙玉池村被确定为国家级贫困村,属燕山—太行山集中连片特困地区,全村189户437人,其中建档立卡贫困户102户240人,是个以传统种植和零散务工为主要收入来源的典型山区贫困村。

泥泞的道路、破败的村庄,留守的老人居寒舍、贫困的儿女走外乡,这曾是龙玉池村的真实写照。摆脱贫困命运、过上幸福生活,是祖祖辈辈生活在这里的父老乡亲心底最深的期盼。东风浩荡天下平,千年困苦一朝变。近年来,党的扶贫政策"春风"劲吹神州大地,龙玉池村抓住机遇、依托优势,在省政协副主席席小军同志的帮扶推动下,以"美丽乡村+有

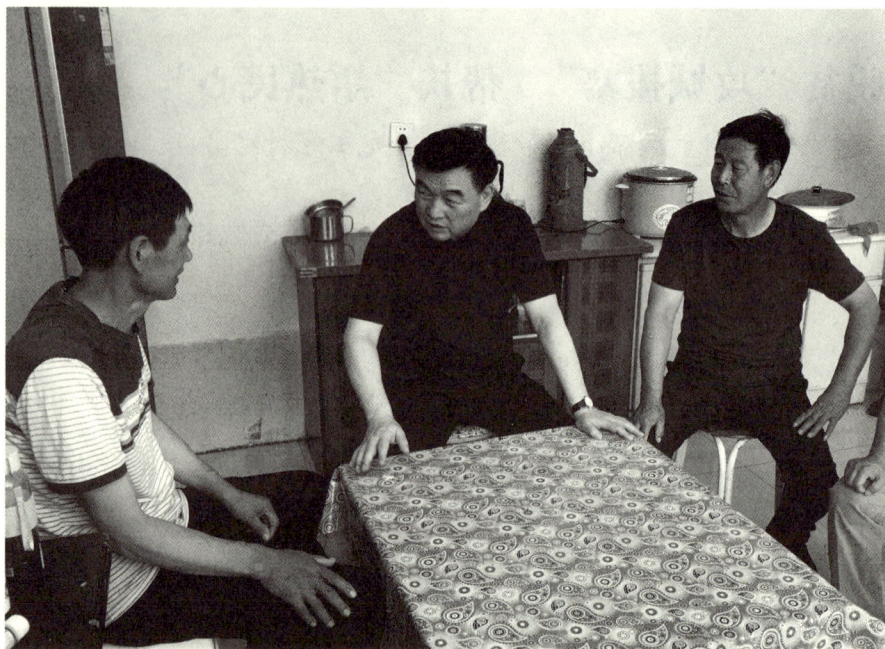

席小军同志入户慰问贫困户

机农业+生态旅游"破题脱贫攻坚,通过易地搬迁"挪穷窝"、壮大产业"摘穷帽"、党建引领"拔穷根",龙玉池村发生了翻天覆地的变化,全村人均可支配收入从2016年的不足3000元大幅增长到2018年底的7023元,家家住进新楼房、户户增收有进项,实现了整村脱贫退出,书写了"小山村"里的脱贫"大文章"。

主要做法

一、精准确立"主攻点",科学绘制"路线图"

消除贫困,实现共同富裕,是社会主义的本质要求,是共产党人不可推卸的使命担当。早在团省委工作期间,席小军同志就曾来到过龙玉池村,对落后的乡村面貌和贫困的村民生活一直牵肠挂肚。2018年初,席小军同志受组织委派定点帮扶龙玉池村,并与该村贫困户孙某某、张某某结成帮扶对子。踏入熟悉的环境,走近熟识的乡亲,他多次轻车简从深入调研、访贫问苦，握着老乡的手了解村情民意，坐在炕沿边上宣讲党的扶贫政策，蹲在田间地头和村民一起算收入支出账，挤在民房里与县、乡、村领导干部研究举措、把脉开方。

"全面建成小康社会，一个也不能少。"党的十八大以来，以习近平同志为核心的党中央把脱贫攻坚摆在了治国理政的突出位置，打好脱贫攻坚战，是全面建成小康社会的底线任务。"我们要站在讲政治、顾大局的高度，加大扶贫投入、创新扶贫方式、坚持精准方略、扛起领导责任，坚决打赢脱贫攻坚战，不达目的绝不收兵！"

在全面了解县情、乡情、村情和民意的基础上，席小军同志与当地干部群众一道，以推动乡村经济发展为主题，以增加贫困群众收入为主线，以精准规划脱贫"路线图"为先手，强力突破易地搬迁"主攻点"、全面打通产业扶贫"主渠道"、积极探索就业保障"新模式"，确定了"美丽乡村+有机农业+生态旅游"一体两翼、整体推进的脱贫路径，全力助推龙玉池村脱贫攻坚步入"快车道"。

席小军同志入户慰问贫困户

席小军同志与县、乡、村干部探讨农村产业发展新思路

二、易地搬迁"挪穷窝"，按下脱贫"快捷键"

"需要我们做什么，我们就做什么。"第一次进村调研时，席小军同志的表态发言就掷地有声。"帮助乡亲们尽快解决住房问题，解决一方水土不能养育一方人的问题，是我们的当务之急。"看到村庄地处泥石流等地质灾害易发区，乡亲们居住环境恶劣的现状，席小军同志心急如焚。在他的协调推动和当地干部群众的合力攻坚下，2018年龙玉池村与边台、沟掌、沙湖门等4个行政村7个自然村实施了整村搬迁、集中安置，搬迁到了距原村不到1公里的龙渠沟有机社区，实现了全体村民"就地城镇化"。龙渠沟有机社区建设项目规划总投资10亿元，分五期实施，社区内规划了商业街、生态停车场、生态水系、文昌阁、悬空酒店、景观桥等现代设施，是一个集乡村振兴、产业扶贫、人居环境改善于一体的综合性安居项目。目前，建筑面积2.96万平方米的社区新型民居楼，15栋新颖别致、风格独特的移民安置楼已全部竣工，并进行了室内装修。学校、卫生室、天然气、污水处理、村级组织场所等生活设施也全部高标准建成。

"做梦也想不到，这辈子还能住上楼房，过上像城里人一样的日子。"村民孙立功拿着新房钥匙激动地说。"挪穷窝"、搬新居，平坦的道

216

路、崭新的房屋、优美的环境、完善的设施改变了乡村面貌，实实在在提升了龙玉池村民的幸福感，凝聚起广大基层干部群众拔掉"穷根"、战胜贫困的强大信心和合力。

三、壮大产业"摘穷帽"，打造田园"综合体"

"搬得出更要稳得住，有产业才能共致富"，产业项目是增收致富的"摇钱树"、是精准扶贫的"铁抓手"，席小军同志在扎实调研、广汇群智的基础上，与当地干部群众一道，立足生态资源优势，因地制宜地提出"积极融入龙渠沟有机社区建设，发展有机种植、规模养殖和特色旅游产业，全力打造田园综合体"的乡村振兴策略，帮助龙玉池村栽下"摇钱树"、铺就"致富路"。

席小军同志组织协调村里成立灵丘县春海有机农业合作社，本着"土地全流转、资源全入社、社员全参与、收益有保障"的原则，采取"村集体+合作社+公司+贫困户"的模式，将村民的土地承包经营权集中流转给

中国农大留学生来龙玉池村调研有机农业发展状况

合作社，再转包给优质公司科学运营，积极创造就业岗位，实现村民就地安置。这是一项大刀阔斧的脱贫计划。土地流转后，村民可获得四项收入：土地流转收入、就业劳务收入、旅游服务收入、公司分红收入，真正实现农业强、农村美、农民富。

只有让贫困户干得了、愿意干，才能真正变"输血"为"造血"，实现稳定脱贫、长效脱贫。在席小军同志的帮扶下，龙玉池村的有机种植和规模养殖也开足马力、捷报频传，仅今年一年，全村就新建有机蜜脆苹果园300余亩、种植有机小麦50亩、有机玉米50亩，规划建设的千亩有机中药材也顺利推进；同时，村集体与沟掌、沙湖门等周边4村共同利用资产收益整合扶贫资金500万元，投入鲑鳟鱼、白斑狗鱼等经济鱼种的工厂化养殖项目中，全部投产后年产值可达3650万元，实现利润2448万元，新增就业岗位60个。

立足龙玉池村山好、水好、空气好的自然资源优势，席小军同志还针

边台村易地移民搬迁安置房

218

对性地提出，要把"绿色生态"打造成最亮丽的发展名片，做足山水文章、突出人文特色、打好乡村品牌、做强旅游产业，不断丰富产业布局，提高脱贫"含金量"，让"绿水青山"成为取之不竭的"金山银山"。

四、党建引领"拔穷根"，政策兜底"全保障"

"火车跑得快、全凭车头带。脱贫攻坚的火车头就是党支部"，席小军同志多次教导村"两委"干部和扶贫工作队员要树立"党建+扶贫"的工作思路，深入学习贯彻习近平总书记关于脱贫攻坚的重要论述，进一步强化攻坚责任、提高攻坚本领、锤炼攻坚作风，坚持高标杆定位、高标准落实，借助多种党建活动载体，用群众听得懂和喜欢听的语言，宣讲习近平总书记新时代中国特色社会主义思想和党的十九大精神，宣讲习近平总书记视察山西重要讲话精神，讲清扶贫政策、理顺干群关系、增强内生动力、凝聚发展合力。

"贫困并不可怕，真正可怕的是思想贫困、甘于贫困，必须激发贫困人口的内生动力，培育自主脱贫的信心和能力，才能彻底脱贫、永久脱贫。"在席小军同志的亲力亲为和示范引导下，龙玉池村统筹乡村干部、驻村工作队和第一书记"三支队伍"深入开展入户大走访，按照"沉下去、贴着帮、用典型、引导好"的要求，推进帮扶工作引向深入、多点开花。

在走访结对帮扶的贫困户孙某某时，席小军同志了解到他患有乙肝，身体状况很差，当即协调医疗部门为其进行全身体检，并帮助孙某某争取到护林员的公益岗位，鼓励其坚定信心、战胜贫困。"帮扶干部帮了我的大忙啊，现在看病吃药能报销，家门口就有活儿干，今年脱贫绝对没问题！"放眼将来，他满怀信心。

摸清致贫原因、建立帮扶台账，"因户施策、因人施策"推进脱贫攻坚，确保"帮到点子上、扶在心坎里"。在席小军同志和驻村工作队的帮扶努力下，59名没有劳动能力的贫困人口办理了农村低保，10名贫困人口担任了护林员，8名走上村里的治安员、卫生清洁员、信息员等公益岗，86人次接受农业技术培训，4名有创业意愿的村民参加全省创业致富带头人培训班，2名致富能手得到扶贫贷款扩大养殖规模，19名在校学生得到了教育资助。

村容村貌焕然一新、集体经济蓬勃发展、村民收入大幅提高、干部群众精神振奋。我们分明看到，一幅美丽富裕的乡村画卷已徐徐展现在塞北大地上。

启　示

一、心系人民、倾情尽力，担当作为是做好帮扶工作的首要前提和必备条件

实现贫困人口如期脱贫，是我们党向全国人民做出的郑重承诺，是惠及亿万民生的重大战略任务。各级领导干部肩上都有沉甸甸的担子，身后都有群众眼巴巴的目光，职责所系、群众所盼，不能有丝毫懈怠。

是"被动扶贫"还是"主动帮扶"，是"真帮实扶"还是"数字游戏"，群众看在眼里、心知肚明。脱贫攻坚战考验着我们的精神状态、干事能力和工作作风，要求我们既要坚定信心、谋划运筹，也要勇于担当、冲锋陷阵。

一路走来，席小军同志坚持把使命放在心上、把任务扛在肩上，带着感情帮扶、带着问题帮扶、带着方法帮扶、带着责任帮扶，多次深入调研、访贫问苦，不能到村时，也定期电话联系帮扶户，真心实意与贫困户结对子、攀亲戚，想方设法为贫困村"拔穷根"、引富路。在帮扶过程中，牢固树立起"以人民为中心"的发展理念，面对面、心贴心、实打实地做好各项帮扶工作，倾尽全力、真帮实扶，在为脱贫攻坚按下"快捷键"、跑出"加速度"，推动民生改善、基础升级、产业破冰和理念更新的同时，自身也坚定了理想信念、磨砺了意志品质、锤炼了能力作风，展现了一个合格共产党人的形象与担当。

二、实事求是、因地制宜，精准施策是做好帮扶工作的首要课题和关键手段

在制定脱贫路径、选择产业项目、拓宽致富渠道上必须立足优势、紧贴实际，做到有所为、有所不为，绝不能"一拥而上""胡子眉毛一把抓"，更不能"望梅止渴"造"空中楼阁"。

脱贫攻坚，贵在精准、重在精准。从龙玉池村的脱贫实践来看，正

龙玉池村新修建公路

是因为做到了扬长避短、精准施策，立足自身优势确立了"美丽乡村+有机农业+生态旅游"的脱贫路径，在强力突破易地搬迁"主攻点"、全面打通产业扶贫"主渠道"、积极探索就业保障"新模式"上打好了基础、找准了定位、摸清了路数，强化了到村、到户、到人的精准帮扶举措，建立起长效稳定脱贫的机制模式，才让日月换新天、山乡展新颜。

三、抓好党建、形成合力，坚持党的领导是战胜一切困难的力量源泉和根本保证

万山磅礴必有主峰，龙衮九章但挚一领。"办好中国的事情，关键在

党。"党的领导，既是中国特色社会主义最本质的特征，也是中国特色社会主义制度的最大优势。

经验表明，党建工作抓得好的贫困村，脱贫攻坚就能广聚民心，活力四射，走在前列。实践中，我们也看到，基层党组织是积极领办合作社、牵头产业项目的"主力军"，党员能人是带头抓示范、搞样板的致富"主攻手"，龙玉池村的脱贫实践就是"党组织引领、党员干部带头、老百姓合力、帮扶人员助推"党群齐心协力、奋战脱贫攻坚的鲜活实例。

实践证明，坚持党的领导是我们战胜一切困难的力量源泉和根本保证，只要坚持党的领导，加强党的建设，充分发挥党的政治优势、组织优势和密切联系群众优势，以党建工作引领脱贫攻坚不断"攻城拔寨""焐热民心"，我们就一定能够如期打赢脱贫攻坚战，向时代和人民交上一份满意的答卷。

因县制宜　因村施策
助力产业扶贫　推动脱贫增收

——省政协副主席、省工商联主席李武章帮扶河曲县上榆泉村纪实

背景导读

河曲位于晋、陕、蒙三省区交界、黄土高原东部边缘，忻州市西北部，是国家扶贫开发重点县。历史上十年九旱，生态脆弱，经济发展缓慢。民谣"河曲保德州，十年九不收，男人走口外，女人挖野菜"便是人们昔日生活的真实写照。鹿固乡上榆泉村是河曲县下辖的314个行政村之一，位于县城东南端，距县城约30公里。全村户籍人口167户406人，其中建档立卡贫困户60户128人；土地面积5261.4亩，其中耕地2608亩，经济收入以种养为主，是典型的纯农业村。2018年退出贫困村。

2018年，省政协副主席、省工商联主席李武章同志包联河曲县鹿固乡上榆泉村以后，面对河曲整县脱贫"摘帽"、上榆泉村脱贫退出的艰巨任务，先后与县脱贫攻坚指挥部的同志，县委、县政府主要领导座谈，认真

李武章同志调研了解四海进通企业带动贫困户脱贫情况

听取全县脱贫"摘帽"工作进展情况汇报和工作安排；进村入户与乡、村两级干部座谈，深入贫困户家中交谈了解，在结合实际综合分析研判的基础上，通过引企入县，做大做优脱贫产业，因村施策、精准发力，优化调整产业结构，全面改善人居环境，激发贫困户内生动力，有效推动了上榆泉村贫困户脱贫增收，为河曲县脱贫"摘帽"和上榆泉村脱贫退出注入了持续动力。

主要做法

一、调研摸底，订单式引企入县，精准助力脱贫产业发展

（一）深入调研，精准把脉。产业发展是脱贫"摘帽"和巩固提升的重要支撑和保障。作为河曲县上榆泉村的包联领导，李武章同志从大处着眼，把全面深入了解县情村情作为精准帮扶的重要基础和前提，组织商会、企业负责人就"扶贫项目考察，招商引资项目推荐"深入河曲本土企业和乡村，特别是针对上榆泉村进行调研，实地了解本土企业发展现状、乡村扶贫产业布局，以及全县脱贫产业项目需求，通过组织商会与企业、企业与企业之间沟通交流，寻求合作机遇，达成合作关系，以此为河曲精

准脱贫把脉开方。

（二）链接资源，引企入县。企县合作帮扶是壮大全县脱贫产业的重要途径。针对河曲产业扶贫项目需求，李武章同志在调研摸底并组织商会和企业进行项目洽谈的基础上，充分发挥工商联外引内联、链接多方资源的优势，亲自带领目标企业与县内有关部门和企业精准对接，先后促成山西振钢化工有限公司、山西稳恒科技有限公司、山西穗华物流园有限公司与河曲县政府签订了企县合作帮扶协议书，山西乐村淘网络科技有限公司、山西振东健康产业集团、山西省食品冷链行业协会和山西四季大同农业科技有限公司分别与县内扶贫重点部门签订了项目合作协议。

（三）沟通协调，跟踪问效。企县合作帮扶的实际效果是李武章同志始终牵挂的事情。为了真正实现精准对接，点穴帮扶，他定期与企业，与县委、县政府沟通，详细了解企业与河曲深度合作情况，并多次就项目进展以及存在问题进行电话沟通和现场座谈协调，有效推动了扶贫产业项目带动增收作用的发挥，进一步优化了全县脱贫产业布局。山西振钢化工有

李武章同志调研扶贫车间——制衣厂

李武章同志查看扶贫档案资料

限公司以"企业+合作社+农户"的订单农业模式，与10个村级农民合作社签订了农产品购销协议书，累计支付贫困户蓖麻籽款95497.5元、种子补助款13640元。支付各乡镇572户贫困户金融扶贫固定收益款228.8万元。与3个乡镇70个村的1031户贫困户签订了"河曲县企业带动贫困户产业发展固定收益协议书"并支付分红款67.26万元。小杂粮基地和综合物流园等其他项目有序推进。

二、精准施策，多形式点穴帮扶，全力推动贫困村脱贫退出

（一）因势利导，做强传统产业促增收。上榆泉村有种植和养殖的传统，但村民思想较为保守，种植主要以玉米、杂粮、土豆、糜谷等传统农作物为主，种类多年不变；养殖以牛、羊、猪为主，主要是单头家庭喂养。考虑到村里有种养基础，村民有较为丰富的养殖经验，李武章同志在与村民深入交流的基础上，立足村情实际，引导全村做强优势产业。引进新品种晋薯16号、晋薯17号、东北白，帮助改良马铃薯品种；推广种植渗水地膜谷子，通过签订小杂粮收购协议，解决村民卖粮难问题。帮助整合帮扶单位资金，积极推进规模化、专业化养殖，新建养殖场1个。引导帮扶村民发展家庭养殖，全村22户村民在单头喂养的基础上进一步扩大规

226

模，有效带动村内7户贫困户主动参与。特别是在村民王二蝉的带动下，贫困户王某某通过养牛年收入比2017年增加了1533元，李武章同志包扶的两户贫困户通过养牛年收入分别比2017年增加了2174元和2290元。

（二）转变观念，发展特色产业调结构。思想保守是产业发展的短板。针对这一实际，李武章同志坚持"传统与新兴并举、特色与规模并重"的发展思路，通过与山西农业大学联系，稳妥有序帮助村民调整种植产业结构，增加收入。协调山西农业大学中药材服务团队在上榆泉村开展土壤、气候等相关条件的调研，为农民数次讲解中药材种植的前景、经济效益、种植技术，积极引导村民转变传统观念，打消顾虑，以"企业+合作社+农户"的模式，打造玉米套种中药材柴胡基地200亩。联系山西振东制药集团技术人员为种植柴胡的贫困户授课，在关键时间节点先后4次到村具体指导村民规范化高效种植，开展后期控茎促根、打顶技术培训，预计每亩收入2000元，为上榆泉村民开辟了一条新的增收途径。

（三）整村提升，改善生产生活条件促振兴。基础设施滞后，公共服

帮扶单位举办"10.17"主题日活动

务能力不足是脱贫退出急需补齐的短板。李武章同志在广泛征求村民代表意见的基础上，与村"两委"认真研究，从上榆泉村实际出发，亲自与县贫困村振兴整体提升领导小组办公室对接，通过现场实地查看，逐项敲定整村提升工程内容，定期了解进展情况。村里先后新建了200平方米的村委综合办公室，改造旧窑洞建成200平方米文化大院1处，新建改造村道2000多米，粉刷书写文化墙500多米，新建小公园1处，村标1座，安装路灯15盏，拆除旧戏台，建开放舞台1座，村容村貌明显改善，村民文化生活得到进一步丰富，生产生活条件明显提升，为脱贫退出之后的乡村振兴奠定了坚实基础。

（四）扶志、扶智，激发内生动力促发展。李武章同志在与县、乡干部座谈的过程中多次提到，"扶志、扶智是稳定脱贫的重要保障，河曲有着战天斗地的优良革命传统和深厚的文化底蕴，要用好用活，把贫困户的内生动力真正激发出来"。上榆泉村"两委"和村第一书记、驻村帮扶干

通过省企帮扶资金购买的农机具

228

通过省领导帮扶资金发展的养殖业

部坚持多措并举抓落实，以全县开展"1388"工程为契机，利用村里传统古会大力宣传脱贫政策和传统道德文化。邀请县委党校教师到村开展"牢记嘱托、感恩奋进"主题宣讲；选树自主脱贫典型3户，通过示范引领，带动贫困户自主脱贫；河曲中学派驻上榆泉村第一书记菅让林允分发挥自身优势，在与村民交流过程中，以朴实的语言引导贫困户转变观念，不等不靠，变"要我脱贫"为"我要脱贫""我能脱贫"。上榆泉村真正形成了"想脱贫、争脱贫"的浓厚氛围。

启　示

河曲县脱贫产业的发展巩固和上榆泉村的稳定脱贫得益于省委、省政府的正确领导和李武章同志深入问需、精准施策、跟踪问效、久久为功的持续努力。

一、精准施策是基础

把脉开方，对症下药，才能药到病除。在脱贫攻坚过程中，最重要的是结合县情、村情实际，确定脱贫攻坚的方向。同时，因县制宜、因村施策是打好脱贫攻坚战的重要基础，只有精准施策，才能事半功倍。以县为例，精准施策体现在，必须找准全县的短板和不足，综合分析研判，靶向精准补短板；以村为例，精准施策体现在，充分尊重村民意愿的基础上开展帮扶，进而实现整村提升，脱贫退出。

二、产业发展是保障

产业是贫困户脱贫的有效支撑，也是持续稳定增收的重要保障。只有积极引进契合当地实际的企业项目，发展适合当地特点的特色产业、主导产业，力避零星化、碎片化、脆弱化，采取"合作社+农户""公司+农户""基地+农户"等模式，真正形成一批大品牌、强业态的产业和项目，增强脱贫攻坚工作的活力和后劲，才能有效解决贫困户"造血"能力不足的问题，进而实现稳定脱贫、稳定增收。

三、内生动力是关键

"幸福不会从天降。好日子是干出来的。脱贫致富终究要靠贫困群众用自己的辛勤劳动来实现。"在脱贫攻坚中，贫困群众既是脱贫攻坚的对象，更是脱贫致富的主体，必须注重扶贫与扶志、扶智相结合，注重内因外因相结合，充分调动贫困群众的积极性、创造性和主观能动性，帮助群众克服"等、靠、要"思想，进一步激发贫困群众参与脱贫攻坚的内生动力，才能实现高质量、可持续脱贫。

情满山村忧百姓　帮民脱贫当高参

——省政协副主席李青山帮扶五寨县梁家坪村工作纪实

背景导读

　　十月的晋西北，秋高气爽，硕果累累。山西省五寨县梁家坪村迎来了丰收年，农业增产，各业增收，村容村貌焕然一新，集体经济发展壮大。村民们在欣喜之余，念念不忘省里来的领导李青山副主席，他走村入户，嘘寒问暖，心系百姓，倾力扶贫，他积极了解村情、民情，与村"两委"和驻村工作队共谋脱贫良策，是乡亲们脱贫致富的"贴心人"和"引路人"。

　　梁家坪村，位于五寨县西沙梁，属黄土丘陵区，总耕地面积6100亩，林地面积2700亩。土地贫瘠，通讯不畅，基础设施差，村集体经济薄弱，农民收入来源单一，导致了贫困面大、贫困程度深。全村258户，人口718人，316个劳动力。2016年建档立卡贫困户99户243人，占总人口的33.5%，人均纯收入1700元，脱贫任务非常艰巨。

　　九三学社中央常委、省主委、省政协副主席李青山同志担任梁家坪村包村领导以来，多次入村走访调研，了解实际情况。经过与县、乡、村三级干部的反复交流和对村集体产业的深入调研，他明确提出要以经济强

李青山同志与村干部交谈

村、科技富民为突破口，发展壮大村级集体经济，树产业、扬优势，带领村民早日脱贫致富。经过一年的努力，全村农业经济得到有效发展，村民收入稳步提升，处处体现出政治环境和谐、干群关系融洽的良好氛围。2018年，梁家坪村家家增收，户户脱贫，人均收入突破6000元，村民迎来了向往已久的幸福生活。

主要做法

一、突出科技投入，发展集体经济，助力脱贫增收

梁家坪村是典型的农业村，自然条件差，村集体经济薄弱，为了破解全村经济发展瓶颈，李青山同志与村党支部、驻村工作队反复商讨，进一步明确了"以马铃薯兴村，以马铃薯富民"的发展思路，要求县乡两级对村办产业"五寨县梁家坪乡黄土地脱毒马铃薯种植农民专业合作社"多加扶持，选调脱毒马铃薯优良品种，把全村贫困户组织起来，科学种田，机械耕作，辐射周边，形成"党支部+合作社+贫困户"的合作运营模式和"互联网+"的电商营销模式。

脱毒马铃薯特色产业种植分两种种植方案：一种为脱毒马铃薯标准化栽培高产示范；一种为脱毒马铃薯原种、一级种薯繁育。2018年集中连片种植马铃薯1600亩，带动贫困户99户，农民增产增收。村民李平小、程二全往年马铃薯亩产仅有2000斤左右，在合作社的指导下科学施肥，今年亩产翻了一番，亩收入达到1600元。

看到村民增产增收，李青山同志并没有满足于此，为巩固和发展当地马铃薯的产业优势，他又指导大家建立专家联系机制，定期从省里请来专家和技术员，研究马铃薯的深加工和工业应用，为当地的优质优势产业寻求更广阔的发展空间。此外，为了发展经济作物，建设种植基地，筑牢增收基础，李青山同志到汇丰红芸豆出口公司等地调研，向当地出口大户取经，鼓励乡亲们种植小杂粮和经济对路作物，由小到大，发展支柱产业，为农民增收广开门路。在他的帮扶下，梁家坪村已有42户56人与汇丰等贸易公司建立产购销联盟。农忙种地，农闲做工。仅此一项，户增收6000余元。

二、扶贫增智强志，激发群众脱贫致富内生动力

扶贫先扶志，治贫先治懒。在脱贫攻坚战中，不少贫困户依然存在着

李青山同志了解村办产业发展情况

李青山同志走访慰问包联贫困户

"等、靠、要、比、怨"的思想，主动脱贫办法不多，动力不足。这种依赖、畏难思想成为整村脱贫的短板。李青山同志和村"两委"干部与贫困户结对帮扶，深入到每家每户反复做工作、搞调查，具体分析每户致贫原因，详细询问他们生产生活中的困难，帮助他们制订脱贫计划，鼓励他们改变观念，奋发自强。

贫困户张某某以前是村里的特贫户，整天忙来忙去就是找不到脱贫的出路，李青山同志多次到张家走访调查，熟知情况后，鼓励他不要被困难吓倒，要振作精神积极脱贫。现在张某某挺起了腰杆，勤劳致富，白天进城打工，晚上三轮拉货，成了全村自主脱贫模范。村内7户贫困户内生动力弱，在李青山同志的协调下，实施光伏发电扶贫项目，每户每年可收入2500—3500元。

扶贫先扶志，帮人帮到心。榜样的力量带动了大家，全村几十户贫困户受到了触动和启发。他们逐渐树立起了自强自主致富的信心和决心，村"两委"、村合作社组织农户参加种植、养殖、务工实用技术培训共计920人次，致富带头人培训、脱贫政策培训5次。这些措施，为村民脱贫致富奠定了坚实基础。

三、强班子树先锋，着力提升村领导班子攻坚本领

李青山同志从入村那天起就反复强调，贫困村要想如期脱贫，必须要有一个团结务实且有信心、有决心、有能力带领村民脱贫致富的领导班子。他到村指导工作，与支部班子成员谈心谈话，提高村党员干部的责任感和担当意识，坚定脱贫致富的信心和决心，共商发展大计，谋划制订脱贫攻坚计划。他还要求村党支部要不断加强自身建设，切实发挥好党组织的战斗堡垒作用，党员干部要加强自身修养，历练过硬作风，在实际工作中积极发挥模范带头作用，努力成为全村发展产业、脱贫致富的带头人。

一直以来，村"两委"成员与贫困户结对帮扶，耐心细致地向群众宣讲扶贫政策，挨家挨户分析致贫原因，制定切合实际的脱贫措施。这些举措，极大地调动了群众脱贫致富的积极性。

四、改善村容村貌，加强"软硬"环境综合治理

曾经的梁家坪村，街道坑洼，畜禽乱跑，垃圾投放也不规范，人居环境较差。李青山同志入村后，动员村"两委"积极加强人文环境治理，倡

帮扶单位与村委会专题研究脱贫攻坚工作

驻村干部深入开展村情民意走访行动

导文明村风，弘扬主旋律，传播正能量，引导村民自觉践行善行义举，在农村建"孝、勤、俭、和"四德榜，展现老百姓勤劳务农、勤俭节约、孝老爱亲、家庭和睦、邻居和谐等内容，弘扬中华优秀传统文化，不断提高村民思想道德水平，为建设新农村提供思想道德基础和不竭精神动力。

李青山同志大力支持改善村容村貌，建设美丽乡村。在他的督促下，村党员干部多方筹措资金，村民积极投工投劳。经过半年整治，梁家坪村村容村貌得到巨大改观。整修街道42425平方米，墙壁美化、大街小巷绿化2000平方米，铺人行道1600平方米，修筑下水道1500米。特别是2018年，整村提升工程投入113万元，全村硬化路面2.6万平方米，实现了道路全部硬化，植树2000株，绿化荒山荒坡120亩，如今全村街道整洁干净，村前绿树成荫。村民脸上露出喜悦的笑容，齐夸共产党好，社会主义好，改革开放好，说李主席是我们的贴心人，把路铺到了家门口。

启　示

梁家坪村在脱贫攻坚战中，勇于探索，真抓实干，走出了一条符合本县、本村实情民情的脱贫之路，取得了良好的经济效益和社会效益。归纳起来有如下四点：

一、建强党组织

充分发挥党支部的战斗堡垒作用和党员干部的先锋模范作用。坚定为人民服务的宗旨，落实"小康路上一个也不能少"的要求，团结带领广大人民群众扎扎实实听党话，跟党走。

二、以科技创新推动产业发展

创新思路、改进方法、有的放矢，采取"合作社+农户+企业"的模式，培育优化特色种植业，引领村民科学种养，并以合作社为平台开展经营推销，既解决了村民缺乏种植技术，推销产品困难的后顾之忧，又为村民增加收入，成为村民增产增收的依托。

三、激发贫困户内生动力是脱贫致富的主因

必须引导贫困群众树立主体意识，把扶贫与强志、增智结合起来。变"要我脱贫"为"我要脱贫"，靠自身"造血"，才能强身健体。让他们成为脱贫主体，树立脱贫信心，掌握致富技能，主动脱贫。强化脱贫光荣的正向激励，提升贫困农民的尊严感、获得感。

组织举办厨师技术培训

四、脱贫攻坚工作一定要以人为本，从实际出发

从一家一户的具体情况入手，因村制宜，因户施策，使帮扶措施有针对性、实用性和有效性。只有出实招，下实功，才能见实效，并在此基础上持续跟进，精准发力，站在百姓的位置上，说真话，办实事，解忧愁，指方向。

科技引领 特色壮大 后芦子沟村旧貌换新颜

——省政协副主席、省科技厅厅长谢红帮扶
保德县后芦子沟村纪实

背景导读

民谣有云：河曲保德州，十年九不收。后芦子沟村是晋西北黄河流域一个普通村庄。村内梁峁起伏，沟壑纵横，缺水少雨，立地条件差，长期以来，农业基础设施薄弱，农业发展基本靠天吃饭。2014年建档立卡贫困户161户465人，贫困发生率为37.88%。2018年，贫困发生率降为0.47%，实现整村脱贫。

党的十八大以后，后芦子沟村"两委"带领全体村民在习近平新时代中国特色社会主义思想和关于扶贫工作的重要论述的指引下，勇打脱贫"翻身仗"，取得了较大成就。特别是2018年，省政协副主席、省科技厅厅长谢红同志包联帮扶后，全村以科技为引领，大力发展特色产业，走出一条以发展特色农业为基础，以光伏产业建设为主导，以金融帮扶为抓手，以健康帮扶为辅助的脱贫攻坚特色之路，整村集体经济发展壮大，产业兴旺、生态宜居、乡风文明、治理有效、生活富裕，实现了山村巨变。后芦

谢红同志深入基层入户走访

子沟村因脱贫攻坚各项工作开展出色，2018年被保德县委、县政府评为脱贫攻坚红旗村。

主要做法

一、科技引领，走农业发展的特色之路

在保德这块"十年九旱、靠天吃饭"的土地上发展现代农业，确实是很困难的事情。2018年，谢红同志包联保德县帮扶后芦子沟村后，通过与县乡村领导、农业专家、驻村工作队员、第一书记的多次座谈调研，提出依托省科技厅、省科协的科技支撑，以科技示范基地建设为着手点，以提升农民科学素质，培育新型农民为主线，积极开展新技术、新产品试验示范，着力把后芦子沟村打造成保德县科技示范村的建议。

由此，后芦子沟村拉开了建设综合农业科技示范基地的大幕。2018年4月深耕土地1000余亩，5月发放种子、有机肥、复合肥、农药等农资，适宜机械耕作的全部机耕铺膜，不能机耕的科协农技人员指导科学种植。在这片土地上，改变传统农业种植方式，向土地要效益，实现增产提质。

全村种植85亩示范田，800亩推广田，其中谷子255亩、高粱350亩、马铃薯150亩、大豆130亩。科技示范田重点推广有机旱作农业、渗水地膜、杂粮膜侧播种、脱毒马铃薯、测土配方、三安有机农业等6项技术，通过配备山西农业大学和山西省农科院研制的膜侧精量联合播种机、玉米铺膜施肥精量播种机、马铃薯种植机、马铃薯收割机等，实现了谷类、高粱类作物不间苗、保水抗旱且产量翻倍的技术示范推广，为保障农业生产安全、农产品质量安全、生态环境安全，推动全村乃至全县种植业产业转型升级和农业农村现代化建设提供了有力支撑，同时也为实现乡村全面振兴奠定了坚实基础。

二、林光互补，走产业发展的特色之路

2017年，后芦子沟村建设了占地23亩总容量500千瓦的光伏电站，该项收入使村集体经济大幅领先于周边村庄，目前已返利22.275万元，经过谢红同志与腰庄乡党委、政府和村"两委"深入研究制定办法，光伏收益金科学地用到了后芦子沟村脱贫致富的各项事业上，通过补贴村集体公益事业、设立公益岗位激励贫困户创收、机动救助大病困难户等方式，合理引导脱贫致富。

为了提高光伏土地的效益，今年在光伏占地里，栽植了白水杏1000余株，这是科学栽植、科技引领的再次尝试，有部分杏树今年就已挂果。按计划在杏树和光伏之间再进行套种中药材紫苏，可以更好地实现"林光互补""药光互

谢红同志与贫困户手牵手、心连心

补""林药互补",为全县大面积推广林、光、药一体化模式,做出很好的示范带动作用。

三、特惠奖补,走金融帮扶的特色之路

谢红同志极力鼓励贫困户自主创业,通过金融扶贫,该村农户充分享受了"五位一体"金融扶贫红利,全村30户贫困户挂靠裕新发洗煤厂金融贷款,每户每年获利3000元。24户贫困户享受每户5万元产业帮扶贴息贷款政策,每户每年可减少利息支出3000余元。

后芦子沟村所在的腰庄乡政府有可分配的产业分红本金483.2万元,投入天一农牧百草驴繁殖基地的产业分红本金600万元,两项本金共计1083.2万元。按照合同约定3年内6%的利润进行分红,后芦子沟村每户平均可以分到产业分红金近600元。为激发贫困户的内生动力,鼓励有劳力的贫困户自力更生、主动脱贫,保德县委、县政府出台了外出务工及交通费奖补政策,每户奖补1000—2000元。2018年后芦子沟村有62户贫困户外出务工,享受金融补贴达103090元。

四、上门服务,走健康帮扶的特色之路

后芦子沟村因患病、残疾的贫困户有81户,占贫困户总数的50.6%。

省政协副主席、省科技厅厅长谢红,市政协主席刘钢柱、市政府副市长王月娥、县委书记温建军在日间照料中心视察调研

帮扶人员与贫困户谈心

多数家庭中有患慢性病、残疾的成员，导致家庭长期陷入贫困状态，难以脱贫。根据贫困实际，结合省、市、县健康扶贫政策，谢红同志亲自督促指导驻村工作队一定要高度关注全村71户因病致贫的贫困户，一定要"健康双签约"服务全覆盖，一定要协同医疗团队对因病致贫户进行挨家挨户走访诊疗，设立健康帮扶工作台账，记录他们的病情，定期到户内走访，宣传医疗政策，问情况、请医生、帮买药。

后芦子沟村驻村工作队积极协助村内24名残疾人，办理拐杖、轮椅、假肢等辅助器具的申请、领取等手续，帮助他们干农活、做家务

维修改造后的排洪渠

已经成为"家常便饭"。在干群之间架起了一座温馨而结实的桥梁,帮扶工作取得了群众的高度认可,成效显著。

启　示

　　科技创新是农业发展的唯一出路。贫困村脱贫的关键在于科技引领和特色产业的发展。后芦子沟村在脱贫攻坚的过程中,长期面临着耕种少地、置业无策、创业无钱、劳动无力的局面,为了扭转这种落后的被动状态,后芦子沟村依托省科技厅、省科协帮扶的有利契机,以科技为引领,发展壮大特色产业,通过锐意进取,勇于实践,走出了农村发展的新路子,这对于打赢打好脱贫攻坚战具有较好的借鉴意义和示范效应。

　　其一,科技引领改变传统种植,实现产业兴旺是全面打赢脱贫攻坚战的必经之路。

　　其二,通过发展特色产业来振兴乡村,增加农产品的科技含量,打造农产品的品牌效应,是增加农产品效益的关键要素。

　　其三,必须转变观念激发内生动力,实现贫困户主动参与脱贫是打赢脱贫攻坚战的主要动力。

　　其四,贴心服务树牢为民情怀,尊重实践因户制宜是打赢脱贫攻坚战的根本之策。

帮扶打造的科技示范园

特色产业增收入　精准施策助脱贫

——省政协副主席李思进帮扶广灵县上白羊村纪实

背景导读

上白羊村位于广灵县南村镇西南7公里、广灵县著名风景旅游区白羊峪之峪口，全村共有202户513人，土地面积1794亩，耕地面积1297亩，退耕还林面积497亩，农业以种植大白谷、豆角等优质杂粮和蔬菜为主。2014年全村贫困发生率达42.56%，脱贫任务艰巨。

省政协副主席李思进帮扶上白羊村以来，通过多次实地调研、走访慰问、召开脱贫攻坚座谈会，了解村民脱贫愿望，帮助解决生产生活实际困难，指导村级基层组织建设、产业扶贫、精神扶贫等工作，为全村攻坚深度贫困做出了大量务实有效的工作。在省政协的重点帮扶下，上白羊村充分利用地域水源优势，有效增加土地灌溉面积，着力调整产业结构，加大发展养殖业力度，逐渐摸索出以特色农产品种植、销售为主攻方向，以养殖业、农产品加工业为两翼推进，以旅游扶贫为可持续增收产业的立体式扶贫新模式，全村年人均纯收入从2014年的2640元提高到4230元，2017年底全村贫困发生率降低到0.38%，实现了整村脱贫"摘帽"。

李思进同志到贫困户家走访

主要做法

一、以加强党建为抓手，探索脱贫帮扶新思路

农村富不富，全看党支部。按照脱贫攻坚目标任务要求，省政协积极组织村"两委"干部、驻村干部、全体党员深入学习习近平总书记扶贫开发战略思想和关于脱贫攻坚的重要讲话精神，坚定村级党组织班子成员脱贫攻坚的信心，明确脱贫攻坚任务目标，将扶贫开发与基层党建"双推进"工作责任落实到每一位党员干部头上。同时，对村"两委"班子成员进行重点培养，提升村支部书记和村委主任等村级干部的能力担当，推动他们成为全村产业发展、致富增收的"领头雁"，切实增强全村干部群众打赢脱贫攻坚战的责任感、使命感和紧迫感。在攻坚过程中，明确"精准识别不漏一人，政策措施不漏一户，产业项目不漏一家，基础提升不漏一处，兜底保障不漏一个，扶智扶志不漏一员，脱贫退出不错一户"的"七个一"工作任务，细化、实化脱贫攻坚各项工作，省政协包村领导和村

246

"两委"干部及驻村"三支队伍"在反复调研、认真听取群众意见和建议的基础上，按照"精准扶贫，不落一人"的总体要求，突出产业发展的优先原则，以贫困户实现稳定脱贫为核心，以特色产业为支撑，制定了上白羊村产业发展规划。

一是因户施策、精准到户到人。依据贫困户劳动力现状和资源条件，规划到户到人，确保增收脱贫。二是因地制宜，集约规模发展。结合该村资源优势和传统种养习惯，确定产业项目，集约发展，抵御市场风险。三是长短结合，培养脱贫能力。坚持"输血"与"造血"并重，以培育脱贫增收产业、培训脱贫增收技能和提升脱贫致富能力为根本，做到既要注重当年增收脱贫，更要注重长期致富增收。四是保护生态，绿色发展。把生态保护放在优先位置，确保扶贫产业发展与生态保护统筹兼顾。五是艰苦奋斗，激发内生动力。贫困户是产业发展主体，激发贫困户增收脱贫内生动力，坚定增收脱贫信心，发扬自力更生、艰苦奋斗、勤劳致富精神，克服"等、靠、要"思想。

李思进同志与村"两委"干部座谈

李思进同志看望慰问贫困户

二、以科学谋划为前提，走出产业增收新途径

抓好产业扶贫是推进精准扶贫、打赢脱贫攻坚战的关键。省政协入村帮扶之初，李思进同志等帮扶组有关人员就深入实地、多方走访，提出"盘活资源、内引外联、多头并举"的帮扶思路，力求制定科学、合理的帮扶措施，避免眉毛胡子一把抓，让优势农业和特色产业成为农民增收的"法宝"。在省政协的重点帮助扶持下，全村走出了一条特色产业助农增收的新路子。

一是调整种植结构。围绕发挥特色农作物优势，积极帮助农民调整种植结构，增加优质谷子"大白谷"种植面积120亩，亩均收入达到2000多元；与广灵县合成中草药种植有限公司合作，利用深度贫困户扶贫资金进行资产性收益，将扶贫资金327294元投入到该公司，发展中草药合成种植业，按11.9%收取固定收益，其收益全部用于贫困人口，年人均增收366元；增加蔬菜种植面积84亩、达到了350多亩，其中豆角种植亩产5000多斤、亩均收入达6000多元，西葫芦种植亩产8000多斤、亩均收入达3000多元。为了打开上白羊村优质蔬菜的销路，2018年，省政协筹资30多万元为该村新建了450平方米的蔬菜交易大棚，极大地方便了村民的蔬菜交易。

二是大力发展养殖业。通过小额信贷支持，培育养羊专业户4户、存栏羊650只，养猪专业户2户、存栏猪43头，养牛户1户、存栏肉牛10余头；由村委会统一发包给广灵县海高牧业有限责任公司用于新建乳肉兼用牛示范牧场基地，承包期30年，将合同地按每亩11992元进行补偿，使60余户农户平均增收2万元。将未明确分界的土地按每亩11992元折价入股海高牧业，按每年7厘进行入股分红，分红期为三年，年人均增收120元。

三是多种途径增加收入。转移劳动力和发展多种经营相结合，实现农民增收。积极组织农民外出务工，实现了90%的农村剩余劳动力转移就业；发展农产品加工业，引导农民开办小米加工等小作坊；帮助贫困户通过"互联网+"的形式开展电商扶贫，经销本地特色农产品。

四是依托自然优势发展旅游扶贫。充分发挥白羊峪自然资源优势，不断完善配套设施，实施旅游产业扶贫。2016年，协调投资50万元修建了面积达4000平方米的白羊峪旅游专用停车场，极大地方便了游客游览；2017年，建成面积约200平方米的农家乐饭店，饭店里设立超市、土特产展厅。2017年，经过省政协等各方努力，大同市嘉年华国际旅行社和方特乐园深入上白羊村

帮扶干部走访贫困群众掌握困难需求

考察调研，专门规划设计增加了上白羊乡村旅游线路。

三、以全面提升为引领，增强脱贫农民幸福感、获得感

帮扶效果怎么样，脱贫群众说了算。包村帮扶以来，省政协全面落实"领导挂点、单位包村、干部帮户"的脱贫攻坚长效机制，研究制定帮扶工作方案和年度工作计划，领导靠前指挥抓扶贫，结对帮扶人员定期深入到帮扶对象家中，与帮扶对象面对面谈心，详细了解家庭成员、经济收入、生产生活、致贫原因及帮扶需求等情况，切实做到帮扶对象底数清楚，帮扶方案制定精准到户，通过采取"一帮一"的结对帮扶措施，实现了与贫困户100%结对，做到精准帮扶、精准脱贫，确保脱贫农民不再返贫。

为改善上白羊村村民文化活动条件，省政协筹资30多万元建设了50平方米的党团活动中心、200平方米的文化活动广场，极大地丰富了党员干部的文化生活，提高了思想水平和文明程度，活跃了村民的业余文化生活。在提升精神享受的同时，上白羊村的乡村提质脚步也迈得越来越快，修缮了别具乡村特色的戏台，街道硬化5800平方米、石板料人行道1000多平方米、清理街道800多米、粉刷墙壁2800平方米、新建桥1座。"仓廪实而知礼节，衣食足而知荣辱"，脱贫"摘帽"的上白羊村如今气象一

旅游专用停车场，发展乡村旅游

支部重温讲话精神，坚定脱贫信心

新，脱贫致富的农民生活在这里幸福感、获得感油然而生。

启　示

通过上白羊村脱贫攻坚的生动实践，我们得出了几点启示：

一、产业扶贫的关键在于精准

广灵县南村镇上白羊村，地处白羊峪峪口，加之自然泉水，其条件宜于种植玉米、谷子和蔬菜，养殖羊、驴和牛，因此帮扶过程中因势利导发挥地域优势，让农民立足自身优势从自家地里刨出"金元宝"。通过帮扶实践来看，扶贫要本着"宜种则种，宜养则养，养种结合"的原则发展产业，变"大水漫灌"为"精准滴灌"，充分发挥扶贫资源的产业导向作用。

二、产业扶贫的重点在于保障

要强化组织保障，明确一班人马，瞄准一个目标，制定一套措施，一张蓝图绘到底；强化资金保障，用好财政专项扶贫资金、信贷金融保险扶贫、特惠贷等金融扶贫产品，大力开展招商引资活动，积极引入社会资本，汇聚多元扶贫合力，形成强大的脱贫攻坚资金合力；强化技术保障，充分发挥农技人员的专业优势，对产业项目全程跟踪指导服务，同时提高贫困户自身发展意识和生产技能，大力开展实用技术培训，力争人人都是"田秀才""土专家"。

三、产业扶贫的途径在于龙头带动

要着力培育壮大专业合作社、家庭农场等新型经营主体，鼓励各类人才积极参与兴办农民专业合作经济组织，充分利用财政专项资金、脱贫攻坚产业基金、贷款担保补助、税费减免、保险保费补助等措施，积极推广"公司+合作社+贫困户"模式，以龙头带基地，基地连贫困户，实现合作组织对贫困户全覆盖。

四、产业扶贫的基础在于贫困户的积极参与

产业扶贫的出发点和落脚点是促使贫困户增收脱贫，只有贫困户全员参与，这一目标才能实现。要千方百计建立、健全产业精准扶贫利益连结机制，帮助贫困户稳定获得订单生产收益、劳动务工收益、政策扶持收益、资产扶贫收益、入股分红收益，使贫困户增收由被动变为主动，实现"输血"变"造血"。

出实招　下实功　见实效
精准扶贫助推黄土坡村"旧貌换新颜"
——时任省高院院长邱水平帮扶浑源县黄土坡村纪实

背景导读

黄土坡村位于浑源县东南的大仁庄乡，距县城32公里，距大仁庄乡政府12公里，是大仁庄乡位置最偏远的一个村。全村共有人口79户217人，耕地278亩，以种植土豆、胡麻、蚕豆等高寒作物为主。该村2014年建档立卡贫困人口33户48人，2017年动态调整为34户50人，占全村总人口的23%。受地理位置和自然环境影响，黄土坡村交通不便、通讯不畅、土地贫瘠、资源匮乏，基础设施建设十分落后，人民群众的生产生活条件非常艰苦。

2017年初，省高院党组书记、院长邱水平担任黄土坡村包村领导后，高度重视该村脱贫攻坚工作，多次到黄土坡村实地调研、走访慰问，详细了解乡亲们的脱贫愿望，帮助解决生产生活困难，为贫困群众送去党和政府的关心关怀。组织基层干部群众和驻村干部进行座谈，勉励大家以更大

邱水平同志在大仁庄乡调研扶贫工作

的决心、更明确的思路、更精准的举措、超常规的力度，众志成城实现脱贫攻坚目标。邱院长定期听取省高院驻黄土坡村扶贫队的工作汇报，要求积极推动黄土坡村危房改建、黑驴养殖、黄芪种植等帮扶项目，让项目早日落地，让乡亲们早日脱贫。

在邱院长的关心支持和大力推动下，在省高院驻村工作队、第一书记的尽心帮扶下，在县、乡、村干部和贫困群众的共同努力下，黄土坡村在不到两年的时间内发生了翻天覆地的变化，2017年人均纯收入从2995元增长到4671元，贫困群众的生产生活水平明显提升。2017年底，共脱贫34户50人，实现整村脱贫退出。

主要做法

一、突出党建引领，发挥好"战斗堡垒"和"模范先锋"作用

实现全村脱贫增收，让群众过上好日子，离不开基层党组织的带动引领。几年来，黄土坡村通过包村领导联系指导、第一书记帮助带动、党员

干部结对帮扶等方式，把党建引领贯穿脱贫攻坚工作始终，实现党建工作与脱贫工作的良性互动。一是加强村"两委"班子建设，在包村领导和驻村工作队的指导帮助下，对村"两委"班子进行重点培养，特别是注重提升村支书、村主任的能力担当，让他们成为全村发展产业、脱贫增收的带头人，在脱贫攻坚工作中发挥重要作用；二是加强基层党支部学习培训，由省高院派出驻村第一书记，将党组织关系转到村支部，组织参与支部活动，通过主题党日、专题讲座、互动交流等多种形式，切实提高在村党员干部的理论素养和政治站位，切实发挥党员模范先锋作用；三是实行"一对一"结对帮扶，省高院为每户贫困户配备一名"帮扶责任人"，向贫困户宣讲国家扶贫政策，具体分析致贫原因，精准制定脱贫措施，让扶贫工作更有针对性。

通过抓班子、强队伍，结对子，黄土坡村基层党组织的凝聚力、向心力不断提升，村"两委"班子对全村脱贫工作的带动作用明显，在村党员干部的整体素质明显提高，基层党组织的战斗堡垒作用和党员的先锋模范作用充分发挥，为打赢脱贫攻坚战提供了坚强有力的保证。在大家的共同

邱水平同志与基层干部、驻村干部座谈

邱水平同志慰问贫困群众

努力下，贫困群众对帮扶单位、对村"两委"班子、对扶贫工作的满意度不断提升。

二、改善基础设施，解决好贫困地区的"燃眉之急"

"帮助乡亲们赶紧解决危房问题，是我们的当务之急。"2017年初邱水平同志第一次到黄土坡村调研工作时，看到乡亲们的住房年久失修，随时有垮塌危险，当即对危房改造工作进行安排部署。一年多来，在邱水平同志的协调推动下，黄土坡村的居住、生活环境得到明显改善：多方筹集建设资金，对贫困群众的房屋进行修缮，具备改造条件的全部进行了危房改造，即将倒塌、无法改造的房屋进行了新建，为贫困群众新建房屋50间，解决了全部贫困户的住房安全问题。充分利用贫困村基础设施建设资金开展项目建设，从几公里外的后山引来泉水，解决了人畜饮水安全问题；先后完成护路坝、公共厕所、村卫生所等民生保障工程建设，为村民提供良好的居住生活环境；建设文化广场，对村巷道路全部进行硬化、绿化，使村容村貌焕然一新。

"习总书记好，共产党好！我们以后的日子一定会越过越好！"住上安置房的贫困户李某某激动地说。想群众所想，急群众所急，从解决"两不愁、三保障"的基本民生问题到建设美丽乡村，黄土坡村硬件设施的改善给村民的精神生活也带来了变化。文化广场为村民提供了宽敞的活动场所，丰富了文化娱乐生活；干净整洁的街道和居住环境促使村民改变生活习惯，更加爱护环境、注意卫生；崭新的水泥路、整齐的房屋、方便的生活居住条件，实实在在地提升了黄土坡村村民的获得感、幸福感。

三、发展特色产业，落实好"一村一品一主体"要求

黄土坡村与浑源县的大多数贫困村一样，村里的年轻人常年在外打工，留守的基本都是老人、妇女和儿童，由于劳动力短缺，村里产业发展的后劲不足，更需要因地制宜，发展符合本村实际的特色产业，为群众发展经济、改善生活找准路子。为了让全村村民早日脱贫致富，邱水平同志和省高院驻村工作队按照产业扶贫"一村一品一主体"的要求，结合村里的实际情况制定了发展黄芪种植、成立养驴合作社的产业发展规划，并积极协调有关部门，争取建设资金，推动产业帮扶项目在黄土坡村落地。

黄土坡村地处"国家中药材种植加工示范县区"，在种植黄芪方面具

省高院驻村工作队开展"10.17扶贫日"活动

257

有得天独厚的地理优势和产地认可度，非常适合发展黄芪种植产业。2017年，村"两委"带领贫困群众种植黄芪170亩，预计5年后挖采时可实现经济收入153万元。根据村里老年人多、劳动力相对不足的现状，黄土坡村通过成立合作社发展黑驴养殖产业，让没有劳动能力的贫困户也能有经济收入，提高他们的生活水平。目前，村里已经建成能够容纳100头黑驴的驴舍及配套设施，购买35头黑驴的资金已经筹措到位，年底前就能买回小驴驹。按照养殖黑驴100头，每头黑驴年均纯利润2000元左右计算，每年可实现经济收入20万元。下一步，还将根据黄芪种植、黑驴养殖产业的发展情况，逐步扩大生产规模，发展深加工产业，促进贫困户稳定增收的同时，吸引本村在外打工的年轻人回村创业发展，共同致富。

四、注重精神扶贫，凝聚好贫困群众内生动力

黄土坡村在脱贫攻坚工作过程中，注重通过政策宣传、典型示范、教育引导等方式开展"精神扶贫"，帮助贫困群众树立脱贫攻坚的主体意识，摒弃"等、靠、要"思想，实现从"要我脱贫"到"我要脱贫"的观念转变。一是包村领导率先垂范，邱水平同志每次到贫困户家中看望慰问，都要向他们宣传党和国家的扶贫政策，为乡亲们脱贫致富出谋划策，

省高院驻村工作队组织村民参加普法讲座

鼓励大家树立摆脱贫困的信心。二是驻村干部精准帮扶，省高院驻村工作队、第一书记组织开展专家义诊、文艺表演、普法讲座、爱心捐助等内容丰富、形式多样的帮扶活动，以群众喜闻乐见的形式，帮助乡亲们解决实际生活困难，转变思想观念，提高生活水平。三是村"两委"班子示范带动，村支部书记组织带领村"两委"班子充分发挥示范作用，带头学习黄芪种植技术，掌握脱贫致富技能，帮助村民算好发展产业的收入账，调动贫困户发展生产的积极性。

通过一系列"精神扶贫"举措，贫困群众脱贫致富的方向明确了，思路清楚了，发展生产、提高收入的积极性提高了，解决生产生活困难的办法也变多了。"党和国家的政策好，给我们创造了这么好的条件，我们也要好好干，争取过上好日子"成为黄土坡村村民的共识，贫困群众的精神面貌发生了较大改变，内生动力得到有效激发。

启　示

黄土坡村脱贫攻坚的实践启示我们：脱贫攻坚党建引领是核心，贫困农民主体参与是动力，新型产业培育和可持续发展是保障。只有在"出实招、下实功、见实效"上做文章、下功夫、见行动，才能打赢精准脱贫"攻坚战"。

一、必须在夯实脱贫攻坚"软实力"上出实招

村级支部是党的最基层组织，也是脱贫攻坚的前沿阵地。切实加强基层组织建设，造就信念坚定、为民服务、敢于担当的干部队伍，为脱贫攻坚战提供组织保证，充分发挥村党支部和村委会的"战斗堡垒"作用，发挥农村党员的模范先锋作用，引导他们在脱贫攻坚中想在先、走在前，积极帮助群众发展产业，成为带领群众脱贫致富的"领头雁"。

二、必须在提升贫困农民"获得感"上下实功

贫困农民既是脱贫攻坚的对象，又是脱贫攻坚的主体；既是参与者，又是受益者。扶贫工作需要密切联系群众，充分依靠群众，只有让贫困农

民主动融入，切实受益，才能最大限度地激发脱贫攻坚的内生动力。坚持把扶贫与扶志、扶智结合起来，充分调动贫困农民的积极性和主动性，转变"等、靠、要"的思想观念，强化脱贫光荣的正向激励，提升贫困农民的尊严感、获得感、幸福感。

三、必须在培育稳定脱贫"新动能"上见实效

脱贫攻坚各项工作要一切从实际出发，因村制宜，因户实策，使帮扶措施具有可操作性和针对性。在选择和培养新型产业上要坚持因地制宜，扬长避短，做到科学规划、因势利导、分步实施，扎实推进。在稳定脱贫上要大力实施乡村振兴战略，积极调整产业结构，壮大村级集体经济，变"输血"为"造血"，确保贫困农民脱得了、稳得住、跟得上。

黄土坡村全貌

建好扶贫产业 迈步康庄大道

——省检察院检察长杨景海帮扶壶关县欢掌底村纪实

背景导读

壶关县五龙山乡欢掌底村地处太行之巅、壶关与平顺两县交界处，毗邻晋庄镇，地形地貌崎岖。全村共有村民310户837人，其中建档立卡贫困户174户463人，贫困发生率高达55%以上，村内各项基础设施基本为零，农业耕作条件差，耕地面积1250亩，农作物以种植玉米、杂粮等耐旱作物为主，机械化程度较低，是远近闻名的贫困村。

杨景海同志被确定为包村帮扶壶关县五龙山乡欢掌底村后，在前任包村省院领导帮扶基础上继往开来，创新发展。他任省检察院检察长后的首次下基层调研就选择了欢掌底村。仅2018年，杨景海同志先后3次深入欢掌底村进行调研指导帮扶工作，提出了抢抓发展机遇，狠抓产业发展，充分激发贫困户内生动力，围绕优势资源做文章，因地制宜地谋求突破等工作思路。目前，欢掌底村已形成了以设施农业为龙头，光伏发电、干果林种植、畜禽养殖、旱地蔬菜种植等多业并举的良好发展局面。2016年欢掌底村实现整村脱贫，2017年全村集体经济收入达到15万元，2018年将突

杨景海同志在五龙山乡召开脱贫攻坚工作座谈会

破25万元，村民人均收入超过6500元，先后获得"壶关县新农村建设先进村""壶关县脱贫攻坚模范村""全域旅游美丽乡村示范村""壶关县脱贫攻坚优秀村"等荣誉称号。昔日的贫困村正在致富的康庄大道上阔步前进！

主要做法

一、夯实产业发展基础，促进乡村经济振兴

省检察院党组高度重视脱贫攻坚工作，成立了由省检察院党组书记、检察长杨景海同志为组长的脱贫攻坚领导小组。杨景海同志身体力行，率先垂范，始终坚持以促进帮扶村经济发展为出发点，以夯实产业发展基础为抓手，充分调动干部群众积极性，在欢掌底村因地制宜，建成了一批可持续发展的扶贫产业。

杨景海同志联系帮扶欢掌底村以来，始终关心该村经济发展，针对村中集体经济薄弱、农民增收不快等问题，多次召集村"两委"班子深入分

析现状，商讨发展方向，在多方调研论证基础上，结合欢掌底村交通便利、土壤环境良好等当地资源因素，最终确立了"51111"发展思路。"5"即发展50座冬暖大棚，多方筹资帮助欢掌底村建成了第一批冬暖大棚50座，项目投产当年便取得良好收益，单个冬暖大棚反季节蔬菜种植效益达到2万元以上，承包冬暖大棚的42户贫困户全部实现了脱贫。第一个"1"即建设一座100千瓦村级光伏电站，在原检察长杨司同志的协调争取下，欢掌底村完成了100千瓦村级光伏电站项目建设，2016年建成并网发电，年收益达10万元以上；第二个"1"即建设一座蛋鸡养殖场，该村利用省级领导帮扶资金30万元和其他帮扶资金35万元，建设完成了全自动化蛋鸡养殖场一座，项目于2016年开始建设，于2017年10月建成运营，年利润达到20万元以上，项目建成后，省检察院还专门到欢掌底村召开了现场会，就经营模式等相关事项与干部群众进行商讨；第三个"1"即开发一项乡村旅游项目，投资100余万元，建设完成了真人CS基地一座，在全县率先开创了乡村旅游新亮点。第四个"1"即建设一座千头生猪养殖场，在杨景海检察长的关怀下，省检察院驻村工作队与村"两委"多次考察研究，通过多渠道筹集资金，又建设完成了现代化千头生猪养殖场一座，项目投产可为村集体经济增收15万余元。

杨景海同志到帮扶村调研

杨景海同志在壶关县五龙山乡调研时与省检察院全体驻村工作队员合影留念

针对该村产业发展过程中遇到的困难和瓶颈，深入调研，着力解决集体经济抗风险能力，提出了"继续建强扶贫产业，壮大集体经济力量，多条腿走路、多项目并进，发挥好集体经济在乡村振兴中的支柱引领作用"的发展新思路。一系列产业项目的实施，使这个昔日的贫困村开始呈现出勃勃生机。

二、建强农村干部队伍，筑牢基层战斗堡垒

（一）狠抓村"两委"班子建设，树立党员带头作用。带领村民走持续增收致富的道路，干部是关键因素。因此，省检察院驻村以来，始终坚持建强干部队伍，致力于提升基层党组织的凝聚力和战斗力。一是帮助欢掌底村全面建立完善"三会一课"制度，尤其注重讲党课活动，深入学习党的十九大精神和习近平系列讲话精神，充分发挥党员干部先锋模范作用，以点带面，促进党建引领村级经济发展。杨景海检察长驻村调研期间，专门召集全村党员干部、村民代表，向大家宣讲了党的十九大关于脱贫攻坚、乡村振兴战略部署的重要精神；二是建立完善"三务公开"制度，将党务、村务、财务全面公示公开，让群众参与，接受村民监督，确保全村重大事情阳光透明，做到了村民放心、干部安心。杨景海检察长在驻村期间，多次就村党支部建设和村务工作进行示范指导，为全村党员干部起到了模范作用；三是坚持注重对后备干部的教育培养，针对欢掌底村"两委"班子干部结构老化、知识层次低等问题，杨景海检察长鼓励村"两委"重点培养吸收有能力、有素质的年轻干部，经过发掘培养，已发展预备党员2名，吸纳大学生后备干部1名，为全村干部队伍注入了新鲜血液、焕发了生机，提升了干部队伍活力，村内大小事务，党员干部都冲锋在前，为村民脱贫致富吃下了"定心丸"。

（二）强推扶贫政策落地，确保帮扶实际成效。党和政府的扶贫政策能否落实到底，始终是杨景海检察长最关心的事，为此，杨景海检察长多次深入欢掌底村，专门就贫困户"一超过、两不愁、三保障"和贫困村脱贫指标达标情况进行落实，结合壶关县委、县政府开展的"双创八改"工作，杨景海检察长同村"两委"深入研究，制定了贫困村全面提升规划，着力在改善群众吃住行等方面下功夫，吃水不便的逐户通自来水、住房不安全的挨户危房改造、出行不便的挨家通路、环境卫生差的改厕改院……通过一系列措施，使全村村民家家饮水达标、户户住房安全、人人面貌全新；同时，注重扶贫与扶志相结合，充分运用扶贫爱心超市，调动贫困群众干事创业积极性，积极融入新农村建设，重塑了干部群众精神面貌，焕发了村庄环境新风貌。

（三）优化驻村帮扶方法，提升干部帮扶能力。帮扶工作无小事，为提升帮扶工作队开展帮扶工作的能力，杨景海检察长根据驻村工作队实际情况，认真探索帮扶方法，在多方研讨基础上，结合壶关县驻村帮扶"515"工作法，指导欢掌底村成立了入户帮扶工作组，由第一书记、驻村工作队员、支村干部组成，采取支村主干、第一书记、驻村工作队一包五户、包片帮扶，挨家逐户开展工作。同时，要求工作队员严格落实"五天四夜"驻村规定，加强驻村帮扶纪律，以优良的工作作风促进驻村帮扶工作。通过入户帮扶，全面掌握了村情民情，增强了工作针对性，及时解决了一部分群众所面临的生产生活困难，提升了群众满意度，推进了全村脱贫攻坚工作的快速开展。

弘扬传统美德，举办孝亲敬老活动

三、抓好结对帮扶成效，帮助群众排忧解难

2018年6月，省检察院结合驻村帮扶工作需要，重新调整了全院干警结对帮扶对象，处级干部一帮两户、科级干部一帮一户，全面加强了驻村帮扶力量。杨景海检察长率先垂范，多次亲自进入帮扶农户家中，了解群众生产生活情况，解决实际困难。在帮扶户梁某某家中，针对其妻子看病就诊困难问题，杨景海检察长亲自联系医院，及时安排住院治疗，安排工作队员帮助该户办理住院及医疗报销等事宜。"多亏了杨检察长，我才能及时接受治疗，真的感谢党的好干部、党的好政策啊！"梁某某的妻子逢人就不停地夸奖。帮扶户梁国芳长期打零工，收入不稳定，针对该户情况，杨景海检察长帮忙为其联系了打工地点，有了收入，梁国芳的生活也有所好转。杨景海检察长的悉心帮扶，温暖了人心，鼓舞了干劲，得到了群众的高度好评。在杨景海检察长的带动下，省检察院全体干警纷纷进入结对帮扶群众家中，帮助群众排忧解难。在结对帮扶工作中，省检察院驻

村工作队坚持从实际出发，注重帮扶实效，有资金的为帮扶对象提供资金帮扶，有人脉的为农户介绍外出务工机会，有时间的帮助群众收拾环境卫生，实实在在地为结对帮扶群众送上一份温暖、解决一件困难、留下一份热情，将帮扶精力最大限度地用到了贫困户家中，将最真的感情留在了群众心里，切实做到了真入户、真帮扶。此外，每到重大节日，杨景海检察长都安排工作队为全村群众送上节日慰问品，让村民真正体会到党和政府实实在在的关怀。杨景海检察长和省检察院驻村工作队的真情帮扶，得到了全体村民的一致认可。

启　示

一、产业发展是基础

欢掌底村脱贫攻坚工作能够取得显著成效，扶贫项目建设和村集体经济发展壮大的作用功不可没。该村依托省检察院帮扶平台，充分调动群众

建设冬暖大棚助力群众脱贫

脱贫致富内生动力，因地制宜地发展了一批可持续扶贫产业，产业经营管理中，村"两委"紧紧依靠群众、发动群众，采取"集体组织管理、村民主体发挥作用"的经营模式，不仅实现了集体经济的发展壮大，而且也增强了全村群众脱贫致富的整体信心，为全村实现脱贫致富奠定了坚实的物质基础。

二、干部队伍是关键

欢掌底村干部队伍在省检察院历任检察长的关心和帮助下，克服了干部队伍老化等困难，党员教育步入了正轨，村党支部在全村脱贫攻坚工作中的引领作用显著。同时，驻村第一书记和工作队充分发挥自身优势，率先示范，投入大量精力物力，积极开展驻村帮扶工作，为全体村民增收致富起到模范带头作用。

三、群众参与是动力

脱贫攻坚工作的目标是促进贫困群众增收致富，因此，充分激发群众内生动力、促进群众参与是保障打赢脱贫攻坚战的必要条件，无论是产业发展还是干部帮扶，都需要注重听取群众代表的意见建议，发挥群众的积极性、主动性。通过依靠和教育群众，既提升了群众能力素质，激发了群众脱贫致富积极性，也融洽了干群关系，确保了脱贫攻坚任务的高质量完成。

建设的自动化蛋鸡养殖场

党建引领改革创新　众志成城决战贫困

——山西省军区领导帮扶大宁县安古村纪实

背景导读

安古村位于国定贫困县、省深度贫困县大宁县昕水镇，距县城7公里，全村316户1130人，有建档立卡贫困户123户318人，五保户5户5人，低保户57户83人，贫困发生率28%。全村共有耕地3830亩，人均耕地3.39亩，主要种植农作物为玉米、谷类、薯类，经济作物以苹果、核桃为主。安古村产业发展滞后、基础设施落后、农作物产量低、经济基础薄弱，是典型的深度贫困村，脱贫攻坚任务异常艰巨。

2017年以来，省军区领导定点帮扶安古村。这期间省军区正值部队调整改革之际，党委班子和领导干部调整较为频繁，但参与脱贫攻坚的态度不变、决心不变、力度有增无减。主要领导同志先后多次深入该村走访调研，摸清情况，寻求对策，制定方案，突出党建示范引领，狠抓产业脱贫支撑，全力改善基础设施，使安古村群众生产生活得到极大改善，脱贫攻坚迈出了坚实步伐。农民人均可支配收入由建档立卡初期的2700元增加到2018年的3500元。2018年，安古村将脱贫117户312人，实现整村脱贫

脱贫先励志　　致富靠自己

省委常委、省军区司令员韩强(左二)调研扶贫工作

"摘帽"，贫困发生率降至0.53%。

主要做法

一、强党建聚合力，打造脱贫攻坚"火车头"

村子富不富，关键看支部。安古村党支部原来是软弱涣散党组织，支部牵头引领作用不强，党员示范带动能力不足，严重影响了脱贫攻坚的成效和质量。省军区原司令员邹小平同志、原政委郭志刚同志多次与镇、村班子成员谈心谈话，激发大家发展动力，坚定脱贫信心，按照习总书记"帮钱帮物，不如帮助建个好支部"的要求，指导安古村狠抓队伍建设，规范组织生活，提升了村党支部的组织力、战斗力、凝聚力、号召力，确定了"建强一个组织，带出一支队伍，办成一批实事，建好一个村子"的工作思路和目标。

一是抓支部组织建设。省军区领导、机关、驻村工作队指导安古村定制度，立规矩，从抓实党内政治生活着手，严格"三会一课"制度，坚持每月一次主题党日活动雷打不动，按要求开好支部党员大会、支部委员会、党小组会，按时上党课，开展多种形式党员教育活动，把党的十九大精神、党章、习近平总书记视察山西重要讲话精神、中央农村工作会议精神等原原本本地传达贯彻到党员群众中。2017年安古村"两委"换届选举，省军区驻村工作队全力协助安古村党支部在选对人、选强人上下功夫，与镇、村干部，深入摸排，广泛调研，分析评价，民主选举，选出了团结有力、领头雁作用强的村"两委"班子，群众的认可度和信任度大幅度提高。

二是抓党员队伍建设。村"两委"按照省军区领导要求，对全村24名党员实行了分类管理，根据党员的能力划分党员示范岗，村级事务、重点项目、卫生保洁、设施维护等都有固定的党员岗位，村党支部明确岗位职责，让党员亮出身份、走在前头、服务群众，打造了"攻坚路上党旗红"品牌，强化了村党员参与农村工作的主动性和积极性。党支部先后组织党员和产业示范户赴陕西省洛川县考察学习苹果产业发展、赴隰县学习玉露香梨产业，让党员率先示范，做给群众看，带着群众干，发挥先锋模范作用。

三是抓引领能力建设。针对安古村党员活动场所基础条件差的情况，省军区领导协调资金对安古村党员活动室进行了改造，配备了会议桌、档案

省军区原政委郭志刚（左三）到大宁调研扶贫工作

省军区原司令员邹小平(右二)到大宁县安古村指导扶贫工作

柜等设备，实现了整体提档升级，新改建的村队部成为村民休闲娱乐、党员党性教育的主阵地。为增强党支部为民办事的底气，协调资金为安古村建成了300千瓦光伏发电站，每年可增加村集体经济收入25万元，党组织服务群众有了载体，为民办事有了能力，村党支部的凝聚力、向心力显著提升。

二、强产业促增收，打造脱贫攻坚"新引擎"

扶贫开发，产业培育是根本。省军区韩强司令员一到任，就十分关注贫困村产业发展问题。两次在全区电视电话会上安排部署农产品进军营、"消费扶贫"有关工作，明确提出要找准"穷根"，精准施策，着眼当前，兼顾长远，多途径推动群众增收脱贫，指导安古村确定了"产业发展增收一批、工业基地就业一批、改革项目带动一批、脱贫政策兜底一批"和"短期脱贫有项目、长期稳定脱贫靠产业"的脱贫工作思路，探索出了脱贫攻坚的新路径。

一是发展产业稳增收。面对安古村村民发展经济林积极性不高、产业一直形不成规模的现状，省军区领导号召村"两委"广泛组织发动群众，协调资金20万余元发展种植苹果193亩、玉露香梨173亩、核桃210亩，发展乌鸡养殖2600只，特色产业逐步上了规模，并协调省土特产协会拓展土特产销售渠道，增加群众农业生产收益。李某某是安古村东房自然村的村民，世代务农，是典型的"多劳少得"，年年务农年年穷。在村党支部的号召下，他种植苹果树12亩，虽然还没有进入盛果期，但年收入已达到8万元，一辈子想都不敢想的"小康"目标成了现实。

二是项目改革促脱贫。2017年底，大宁县委部署开展"深化农村改革、振兴乡村经济"工作，由村党支部发起成立股份经济合作社，组织群众抱团发展，承接工程、发展产业、实行自治。省军区领导对这项改革高度重视，指导安古村成立股份经济合作社，进行身份确认，资产清查，折股量化。村股份经济合作社通过公开议标，承接了饮水安全、田间道路、村级文化广场等工程，参与务工村民21人，人均日工资达到130元。目前，各项工程正在紧锣密鼓的建设中，人均可增加务工收入4000元，增加村集体收入8万元，实现了"村里的事情村民管，村里的工程村民干，劳务收入村民赚，工程利润集体享"。安古村村民畅某某，耕地较少，收入微薄，参与了饮水安全工程和道路建设工程建设，不到两个月时间务工收入达4800元，脱贫已不成问题。

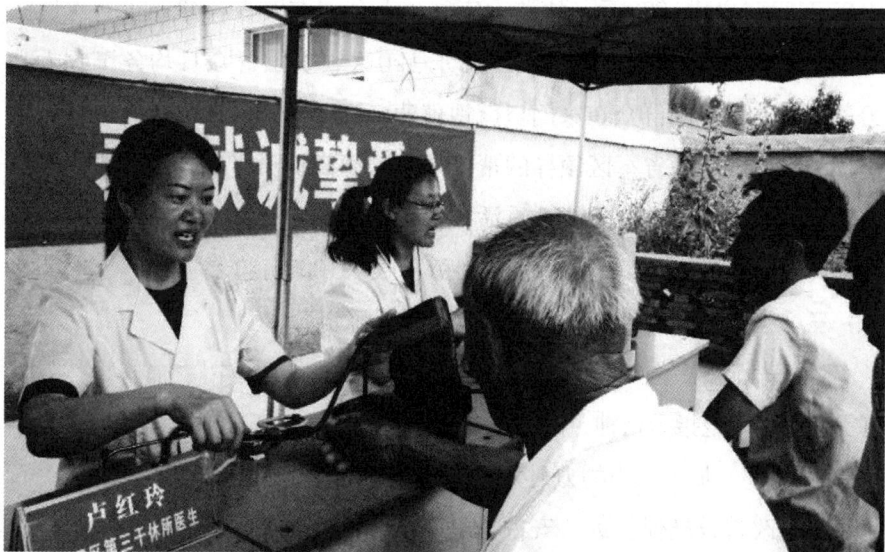

省军区医疗小分队定点义诊

扶贫产业项目第二次分红

　　三是村企改革助脱贫。充分发挥社会力量帮扶作用，依托社会力量助力脱贫攻坚，是省军区领导一直思考的问题。通过调研，省军区领导提出了"镇+企+村"的助力脱贫模式，投入扶贫资金129万元，通过村里组建的股份经济合作社量化到村到户到人后，安古村贫困户户均1万元入股县新大象生猪养殖企业，按15%的比例获得资产性收益分红，已获得分红19.35万元，户均1573元；协调大宁县鸿晋公司在安古村建立了一次性医用手套包装扶贫车间，吸纳贫困劳动力20人，贫困群众日均务工收入达30—50元，使贫困群众在家门口就地就业，完成了从农民向工人的身份转变。村民单某某是省军区领导的帮扶户，因患高血压、脑梗、腰椎间盘突出坐骨神经痛等疾病，无法干重活，家里经济压力较大，省军区驻村工作队动员她加入了扶贫车间，每月获得劳务收入1000元左右。

三、强基础惠民生，打造脱贫攻坚"保障链"

　　习总书记多次强调，"坚持在发展中保障和改善民生"。省军区领导认真贯彻习总书记指示精神，高度重视安古村民生改善工作，紧紧围绕"两不愁、三保障"，加大人力物力财力投入，努力为安古村人民群众谋福祉。

　　一是改善设施保长远。安古村基础设施落后，严重制约着贫困群众脱贫致富。为此，省军区领导协调投入资金近300万元，实施了道路硬化、改善人畜饮水、建村卫生室、修文化活动广场、设图书室、筑公共卫生间和垃圾处理池等整村提升工程，安装了路灯、广播设备，使安古村基础设施和村容村貌发生了翻天覆地的变化。

二是医疗扶贫保健康。安古村因病致贫的贫困户有49户64人，占到贫困户总数的40%。省军区领导安排驻村工作队建立了贫困户健康档案并对因病致贫户所需药品进行了统计，安排4万余元资金购买药品并向群众免费发放，先后4次组织医疗小分队开展定点医诊、入户巡诊活动，协调大宁县红十字会为安古村修建了"博爱家园"卫生室，为村民提供安全可靠的医疗卫生服务，有效缓解了因病致贫、因病返贫问题。

三是关心慰问暖人心。省军区领导非常关心关注安古村贫困群众，带领机关和军分区、人武部先后6次开展走访慰问活动，共向安古村村民发放慰问物资10万余元，协调省红十字会开展"博爱送万家"活动，组织宣传队、医疗队、文艺队开展"三下乡"活动，为贫困群众送去党的温暖和关怀。

启　示

安古村脱贫攻坚的进程中，处处体现着党的领导、产业支撑、改革创

省军区"三下乡"活动

新的因素，只有在"出实招、下实功、见实效"上做文章、下功夫、见行动，才能打赢精准脱贫"攻坚战"。也正是在这三种因素的强大合力下，安古村脱贫攻坚工作取得巨大突破，逐步从深度贫困走向小康富裕。

一、必须始终坚持党建引领

党政军民学，东西南北中，党是领导一切的。正是在党总揽全局、协调各方、集中力量办大事的前提下，政策、人力、物力、财力全部向贫困地区贫困村倾斜，才有力地推动了脱贫步伐；正是在党教育干部忠诚担当、改革创新、干事创业的背景下，全党全社会心往一处想、劲往一处使，履职尽责、奋勇担当，决战贫困、攻坚克难，才取得了脱贫攻坚新成效。

二、必须始终坚持产业支撑

贫困地区群众要脱贫致富，关键靠产业支撑，没有强有力的产业支撑脱贫完全是一句空话。只有大力发展农业主导产业，探索符合实际的工业扶贫模式，打造全链条的产业发展路径，才能不断夯实产业支撑，发挥产业带动群众持续稳定增收致富的作用。

三、必须始终坚持改革创新

习近平总书记强调脱贫攻坚必须坚持问题导向，以改革为动力，以构建科学的体制机制为突破口，要解放思想，逢山开路，遇河架桥，破除体制机制弊端，突破利益固化藩篱，让农村资源要素活化起来，让广大农民积极性和创造性迸发出来。在实际工作中，要坚持通过改革创新，让群众在脱贫攻坚战场上唱主角、当主力，激发贫困群众的主人翁责任感，充分发挥调动贫困群众的积极性、主动性、创造性，变外部"输血"为内部"造血"，才能更高质量地推进脱贫攻坚工作。

带着感情真扶贫 壮大产业真脱贫

——武警山西省总队帮扶云州区瓜园村纪实

背景导读

　　云州区（原大同县）是2012年国家确定的燕山—太行山连片扶贫开发县，而瓜园乡瓜园村是一个十分典型的贫困村，全村共有土地3020亩，基本上以种植小杂粮为主，经济效益低下，全村共有496户1113人，其中贫

武警山西省总队领导与瓜园村群众共商脱贫攻坚大计

困户有 184 户 487 人，贫困发生率达到 43.7%，是一个既无资源优势，又无产业支撑，经济发展缓慢，群众增收无力的贫困村。

武警山西省总队将瓜园村选定为定点帮扶村，针对瓜园村的贫困现状和发展需要，精心打造黄花特色主导产业，依托特色产业攻坚，取得了十分显著的帮扶成效，为瓜园村 2018 年脱贫"摘帽"提供了坚实的产业支撑。

主要做法

一、军民携手，鱼水情深

"确保到 2020 年所有贫困地区和贫困人口一道迈入全面小康社会"，这是我们党做出的庄严承诺。武警山西省总队以习近平总书记的号召为动员令，忠实践行人民军队爱人民的宗旨，时刻将党的嘱托牢记在心，传承"对党忠诚、服务人民"的优良传统，紧跟决策部署、制定帮扶方案、确定帮扶对象，推动一项项脱贫举措在攻坚一线落紧落实。

2016 年底，经省委、省政府研究，正式确定武警山西省总队为云州区瓜园乡瓜园村定点帮扶单位。2017 年的初春虽是春寒料峭，但云州大地却是一片暖意融融。伴随双方正式建立结对帮扶关系，军地同心携手翻开了瓜园村脱贫攻坚工作的崭新篇章。元月 24 日，总队司令员曾友成、政委李清涛刚从北京出差回来，就亲率机关工作组深入瓜园村调研致贫原因，访贫问寒送温暖。曾司令员、李政委坐在村委会的小屋里，和区乡村干部及贫困户代表一起商讨脱贫攻坚大计，对全村因地制宜、精准发力的发展思路给予了充分肯定，共同将黄花种植确定为瓜园村的脱贫主导产业，为瓜园村的贫困群众铺就了一条奔向小康生活的金色大道。

瓜园村党支部书记李成，是一名武警退伍老兵，两年多的军旅生涯磨砺了他不畏艰难、勇于担当的品格。曾司令员、李政委共同勉励李成，你是一位武警退伍老兵，但我们今天仍然把你当成一名武警战士来看待，要勇往直前，坚决完成任务。两位首长的话也让李成更加坚定了攻坚克难的决心，他欣然受命带领群众成立了瓜园村园沃黄花专业合作社，将全村

184户贫困户，487名贫困群众全部纳入，齐心协力脱贫致富奔小康。

二、瞄准靶向，精准施策

云州黄花远近闻名，但种植黄花周期长见效慢、采摘期短、劳力不足、晾晒场地不够等困难是制约黄花产业规模化发展的主要因素。加之，瓜园村虽然成立合作社整合集中了现有资源，但没有启动资金，好的想法无法变成现实。当了解到合作社在运营和黄花晾晒、储存方面存在资金不足、场地局限、设施不全的困难时，武警山西省总队领导立即决定，投入36.2万元，为全村181户贫困户每户出资2000元入股资金，保证了1500亩土地顺利流转，合作社启动运营；投资127.2万元，为合作社建设了1万平方米的黄花晾晒场和900平方米的多功能储库，并取"金色满园、丰收在望"之意，将其命名为金色晒场和金色储库。晒场和储库的建成，不但极大地缓解了黄花晾晒和储存方面的困难，更成为瓜园村贫困群众重要的精神寄托，坚定了大家脱贫致富的意志和决心，带给大家共赴美好生活的金色希望。

武警山西省总队李清涛政委为瓜园村扶贫爱心超市捐赠援建资金

硬件有支撑，还需制度做保障。在田间管理制度的建立过程中，总队曾司令员、李政委建议合作社借鉴部队"严格管理、责任到人"的高效管理模式，将所有黄花地分为26个大片区，每个片区由党员担任片长，各负其责。同时，划分专业机械旋耕、水电浇灌、田间锄地等小组分工进行除草、施肥、浇水、采摘等田间作业。特别是当采摘期到来时，指导合作社立足增加农民收入和充分调动群众积极性的基点，再出"奇招"，施行了"凭票分片、定点采摘、当日领钱"的采摘方式。合作社提前掌握每块地的黄花长势情况，而后据此分地块制票，具体安排采摘人员。每日凌晨3点，村民们就会来到合作社领取当天的采摘票，凭票定点采摘。采摘结束后，由村"两委"人员组成的验收组，对当日所收黄花进行验收，合格部分按每斤1.5元过秤凭票结算。分工明确、责任到人的管理制度既保障了黄花种养及采摘的用工需求，也最大限度地调动了贫困群众参与生产的热情，不但增加了大家的务工收入，更重要的是激发了群众自力更生、勤劳致富的内生动力。

军民携手、勠力同心，合作社的发展不断结出累累硕果，助力脱贫成效显著。2018年贫困群众140人劳务收入共计80万元，土地流转费用收入56万元，合作社销售收入80余万元，全村仅靠黄花采摘一项收入上万元的贫困户就有10余户，摘掉了贫困户的穷"帽子"。

三、情系人民，福生于微

在大力扶持黄花产业发展的同时，武警山西省总队坚持多措并举，通过深入调研，精细区分致贫原因，同步推动助学扶贫、医疗扶贫、乡村生活提质等多项帮扶措施，从贫困群众的身边事入手，"集小善而成大爱、集小流而成江海"，通过点滴扎实的帮扶，倾力帮助贫困群众"摘穷帽、挖穷根"。

抓党建促脱贫是总队帮扶工作的重要一环，总队资助村党支部党建费4000余元，指导武警云州中队与村党支部常态开展互助互建活动，帮助基层党组织真正在脱贫攻坚一线发挥战斗堡垒作用。为了解决因学致贫问题，2017—2018两年累计投入近20万元，为家中有子女在高中以上院校就读的贫困家庭发放每生每年2000元助学金，仅2018年就有45名贫困生获得资助。在医疗扶贫方面，每年定期组织义诊巡诊，免费发放药品。为患重度静脉曲张，多年无法下地劳作而致贫的群众庞某某，免费进行手术治

武警总队为贫困大学生发放慰问金

疗，并精心照顾，帮助其完全康复，使其看到了致富希望。真正下足了"绣花功夫"，做到了真扶贫、扶真贫。

对贫困群众的日常生活，总队同样时刻挂念在心，做到了想群众之所想、急群众之所急、解群众之所难。为4个特困户每户提供2000元资助，节日期间为村民送来米面粮油，原总队业余文工队两次下乡慰问演出，并与村民共同编排节目参加云州区"黄花飘香"文化节，深受广大群众好评。大同市武警支队官兵集体下乡为村里清洁卫生，帮助采摘黄花等，这一桩桩鱼水情深的暖心帮扶措施，不但帮助贫困群众解决了生产生活中遇到的实际困难，更以务实真实的帮扶举措和全心为民的初心底色赢得了人民群众的交口称赞。

四、百尺竿头，务求长效

在帮扶工作初见成效的基础上，总队着眼未来，对下一步工作进行了周密谋划，既求实效，也求长效。

在产业发展方面，将进一步加大投入，针对黄花逐年成倍增收的实际，为确保黄花及时采摘晾干，保证黄花成品质量，实现经济收益最大化，计划把黄花菜烘干厂房建设项目提上日程，结合产业发展需要，及时调研论证，适时完成建设，稳固黄花种植、加工、储存、销售产业链，致力打造精品化黄花产业，为瓜园村脱贫致富提供坚强的产业支撑。此外，进一步研究拓宽帮扶项目举措，打造多元化的产业项目。依托黄花烘干设备，在黄花非采摘期，结合农产品特点，发展胡萝卜、土豆、杏等当地土特产品的烘干加工，保证援建设施项目的效益最大化。在此基础上，稳步扎实推进基础设施建设、医疗对口扶助、爱心助学兴教、帮建村党支部、环境绿化亮化、特殊群体关爱、文化引领促建等"七项工程"，通过点穴式、套餐式的帮扶办法，使精准扶贫落地见效。"军民团结如一人，誓让旧貌换新颜！"在总队的高位推动下，军民齐心，瓜园村必将打赢脱贫攻坚这场硬仗，瓜园村群众必将脱贫致富奔小康。

启　示

云州区瓜园村脱贫攻坚进程，是武警山西省总队官兵牢记习近平总书记的重要指示精神，坚决打赢脱贫攻坚战的工作缩影，也是贫困地区培育特色产业，依靠产业支撑来实现脱贫增收的成功案例。

一、做到真扶贫真脱贫

武警山西省总队充分发扬我军招之即来、来之能战、战之必胜的光荣传统和优良作风，从司令员、政委到官兵，都倾注深情真扶贫，一切从实际出发，不搞"花架子"工程，和瓜园村干部群众合力，一步一步谋划，一项一项推进，一件一件落实，工作力度大，而且，武警官兵不光是给钱给物，还经常同瓜园村干部群众一道，结合村情，商讨发展规划和具体问题，并及时加以解决，因而扶贫效果显著。

村民在金色晒场晾晒黄花菜

283

二、选准做强脱贫产业

黄花是云州区的传统特色优势产业，不仅在省里，就是在全国都是闻名遐迩。过去瓜园村想发展黄花产业但因没有资金无法实施。武警山西省总队抓住这个区位优势，精准帮扶，注入资金帮助规模化种植黄花，建起储库、晒场解决存储加工难题，从而在短时间内，把黄花产业打造成瓜园村脱贫攻坚的主导产业，抓住了根本点，把住了支撑点，因而才能实现整村脱贫的既定目标。

种植柳条发展编织业